# O Príncipe
## JÔNATAS

# FRANCINE RIVERS

# O Príncipe
## JÔNATAS

Tradução
Eliana Rocha

Principis

Esta é uma publicação Principis, selo exclusivo da Ciranda Cultural
© 2023 Ciranda Cultural Editora e Distribuidora Ltda.

Traduzido do original em inglês
*The Prince (Sons of Encouragement - 3)*

Texto
Francine Rivers

Editora
Michele de Souza Barbosa

Tradução
Eliana Rocha

Preparação
Walter Guerrero Sagardoy

Produção editorial
Ciranda Cultural

Diagramação
Linea Editora

Revisão
Fernanda R. Braga Simon
Eliel Cunha

Design de capa
Ana Dobón

Imagens
Openfinal/shutterstock.com

Dados Internacionais de Catalogação na Publicação (CIP) de acordo com ISBD

| | |
|---|---|
| R622p | Rivers, Francine |
| | O príncipe: Jônatas / Francine Rivers ; traduzido por Eliana Rocha. - Jandira, SP : Principis, 2023. |
| | 224 p. ; 15,50cm x 22,60cm. (Filhos da Coragem ; v. 3). |
| | Título original: The Prince |
| | ISBN: 978-65-5097-047-5 |
| | 1. Literatura americana. 2. Religião. 3. Religiosidade. 4. Bíblia. 5. Conhecimento. 6. Lealdade. I. Rocha, Eliana. II. Título. III. Série. |
| 2023-1265 | CDD 810 |
| | CDU 821.111(73) |

Elaborado por Lucio Feitosa - CRB-8/8803

Índice para catálogo sistemático:
1. Literatura americana : 810
2. Literatura americana : 821.111(73)

1ª edição em 2023
www.cirandacultural.com.br
Todos os direitos reservados.
Nenhuma parte desta publicação pode ser reproduzida, arquivada em sistema de busca ou transmitida por qualquer meio, seja ele eletrônico, fotocópia, gravação ou outros, sem prévia autorização do detentor dos direitos, e não pode circular encadernada ou encapada de maneira distinta daquela em que foi publicada, ou sem que as mesmas condições sejam impostas aos compradores subsequentes.

Esta obra reproduz costumes e comportamentos da época em que foi escrita.

*Para homens de fé
que servem à sombra de outros.*

# SUMÁRIO

Introdução ..................................................................................9
Um ............................................................................................11
Dois ..........................................................................................36
Três ...........................................................................................78
Quatro ................................................................................... 112
Cinco ..................................................................................... 141
Seis ........................................................................................ 165
Epílogo .................................................................................. 188
Procure e ache ...................................................................... 191
O Legado .............................................................................. 223
Sobre a autora ...................................................................... 224

# INTRODUÇÃO

Caro leitor,

Este é o terceiro de cinco romances sobre homens de fé que serviram à sombra de outros. Eram orientais que viveram nos tempos antigos, e ainda assim suas histórias se aplicam à nossa vida e às questões difíceis que enfrentamos em nosso mundo hoje. Eles estavam no limite. Tiveram coragem. Correram riscos. Fizeram o inesperado. Viveram com ousadia e às vezes cometeram erros – grandes erros. Esses homens não eram perfeitos, e ainda assim Deus, em sua infinita misericórdia, os usou em seu plano perfeito para revelar-se ao mundo.

Vivemos tempos desesperados e conturbados, quando milhões procuram respostas. Esses homens apontam o caminho. As lições que podemos aprender com eles são tão válidas hoje como quando eles viviam, há milhares de anos.

São homens históricos, que realmente viveram. Suas histórias baseiam-se em relatos bíblicos. Para os fatos que conhecemos sobre a vida de Jônatas, veja Samuel, livros 1 e 2.

Este livro é também uma obra de ficção histórica. O contorno da história é fornecido pela Bíblia, na qual encontrei as informações oferecidas a nós. Sobre essa base, criei ações, diálogos, motivações internas e, em alguns casos, personagens adicionais consistentes com o registro bíblico. Tentei permanecer fiel à mensagem bíblica, acrescentando apenas o que foi necessário para ajudar nossa compreensão da mensagem.

Ao final de cada romance, incluí uma breve seção de estudo. A autoridade máxima sobre as pessoas da Bíblia é a própria Bíblia. Encorajo você a lê-la para maior compreensão. Oro para que, enquanto lê a Bíblia, você se conscientize da continuidade, da consistência e da confirmação do plano de Deus para as eras – um plano que inclui você.

Francine Rivers

# UM

— Não temos armas!

— Teremos que encontrar uma maneira de fazê-las.

— Como? Não há um ferreiro em toda a terra de Israel. Os filisteus se certificaram disso. Aqueles que eles não mataram, levaram cativos.

Jônatas estava sentado com o pai, Saul, à sombra de uma oliveira. Seus tios, frustrados e zangados, lamentavam o último ataque filisteu.

— Mesmo se pudéssemos fazer espadas, de que serviriam? Quaisquer que sejam os materiais com que os filisteus fabricam suas espadas e pontas de lança, elas são muito superiores às nossas. O bronze não é forte o suficiente. Estilhaça-se contra as lâminas inimigas.

— Eu engulo meu orgulho toda vez que tenho que descer para Aijalom e pagar *shekels* suados a um filisteu para que ele afie meu arado e minhas foices!

— Se precisar de um machado afiado, tenho que responder a perguntas e mais perguntas.

Outro riu amargamente.

— Preciso consertar meu forcado e o aguilhão de boi neste ano. E me pergunto quanto isso vai me custar.

Saul olhou para os campos.

– Não há nada que possamos fazer a esse respeito.

O posto avançado filisteu em Geba ficava a curta distância, e era dever da tribo de Saul, os benjamitas, vigiá-lo de perto.

– Quis diz que precisamos de um rei!

Saul balançou a cabeça.

– Você sabe o que o profeta Samuel diz sobre ter um rei.

– Os filisteus têm reis. É por isso que são organizados.

– Se pelo menos Samuel fosse como Sansão! Em vez disso, tudo o que ele faz é nos culpar pelo que está acontecendo.

Jônatas olhou para o pai.

– O avô Aimaás disse que o Senhor nosso Deus é mais poderoso do que todos os deuses dos filisteus.

Os tios trocaram olhares desanimados.

Jônatas se inclinou para a frente.

– O avô Aimaás disse que, quando os filisteus mataram os filhos dos sumos sacerdotes e tomaram a Arca da Aliança, Deus foi guerrear contra eles. Seu deus Dagon se prostrou diante da Arca, baixando a cabeça. E então o Senhor amaldiçoou os filisteus com tumores e uma praga de ratos. Eles ficaram com tanto medo que enviaram a Arca de volta em uma carroça puxada por duas vacas leiteiras e carregadas de ouro!

Saul balançou a cabeça.

– Isso foi anos atrás.

Um dos tios de Jônatas jogou uma pedrinha na água.

– Deus nos deixa sozinhos agora para nos defendermos.

Jônatas ficou confuso.

– Mas se o Senhor...

Saul olhou para ele.

– Sua mãe lhe conta muitas histórias sobre o pai dela.

– Mas são verdadeiras, não são?

Outro tio bufou em desespero.

– Isso foi há anos! Quando foi a última vez que o Senhor fez algo por nós?

Saul colocou o braço em volta de Jônatas.

– Há coisas que você ainda não entende, meu filho. Quando você for um homem...

– Saul!

Ao som do grito irado de Quis, Saul retirou o braço dos ombros de Jônatas e se levantou.

– O que foi agora? – ele resmungou. – Estou aqui!

O avô de Jônatas atravessou o campo parcialmente arado, as vestes finas ondulando ao redor de seu corpo, o vermelho do rosto traindo seu temperamento. Os filhos mais novos dispersaram-se como palha diante de um vento forte, deixando Saul sozinho para enfrentar o pai.

Saul saiu da sombra.

– Qual é o problema?

A pergunta atiçou as chamas.

– Qual é o problema? E você ainda pergunta?

O rosto de Saul escureceu.

– Se eu soubesse, não perguntaria.

– Você está aqui sentado na sombra, e meus jumentos desaparecidos!

– Desaparecidos? – disse Saul, franzindo a testa e olhando para as colinas.

– Sim! Desaparecidos! Você não tem ouvidos para ouvir?

– Eu disse a Mesha para cuidar dos jumentos.

Jônatas engoliu em seco. Mesha era um homem velho, que se distraía facilmente. Não era de admirar que os jumentos tivessem desaparecido.

– Mesha? – Quis cuspiu em sinal de desgosto. – Mesha!

Saul estendeu as mãos.

– Bem, não posso estar em dois lugares ao mesmo tempo. Estava arando o campo.

– Arando? Você chama ficar embaixo de uma oliveira conversando com seus irmãos de arar? – gritou Quis para que os outros ouvissem. – Teremos comida suficiente com todos vocês sentados por aí e conversando?

– Estávamos fazendo planos.

– Planos para quê?

– Para a guerra.

Quis deu uma risada rouca.

– Precisaríamos de um rei para nos levar à guerra e não temos rei. Onde estão meus jumentos? – ele perguntou, fechando o punho.

Saul recuou para escapar de um golpe.

– Não é culpa minha se Mesha não fez o que lhe foi ordenado!

– Logo você vai perder os bois! Quanto tempo você acha que vai aguentar sem animais para puxar o arado? Terei que atrelar você!

O rosto de Saul ficou vermelho. Ele voltou para a sombra.

Quis o seguiu.

– Eu coloquei você no comando! Não quero um servo cuidando dos meus jumentos! Eu queria meu filho os vigiando!

– Você tem mais de um filho!

– Você é o mais velho! – E soltou uma praga. – Mesha é um homem velho e um mercenário. Pouco lhe importa se meus bens estão perdidos. Você é o único herdeiro. Por que não mandou Jônatas cuidar dos animais? Ele os teria vigiado de perto.

Jônatas se encolheu. Por que o avô tinha que metê-lo na briga? O orgulho do pai era facilmente atiçado.

Saul o encarou.

– Você sempre me culpa quando acontece alguma coisa errada!

– Pai, vou procurá-los – disse Jônatas.

– Não, você, não! – gritaram os dois homens.

– Vou enviar um dos servos.

Saul virou-se como se fosse partir. Então Quis gritou:

– Vá você. E não me dê desculpas! Não vai ficar aqui sentado, esperando que alguém os encontre. Leve um servo com você e procure os jumentos! – E partiu para Gibeá, ainda gritando. – E não pense em montar um jumento. Só sobrou um, e esse fica aqui. Vá procurar a pé! E leve alguém que não seja Mesha com você!

Saul chutou a poeira e resmungou. Com os olhos em chamas, invadiu o campo em direção à casa. Jônatas o seguiu. A mãe, Ainoã, estava na porta, esperando por eles. A cidade inteira provavelmente ouvira os gritos de Quis.

– Enchi dois sacos de água e dois pacotes com pão – disse ela.
O pai fez uma careta.
– Você está tão ansiosa para que eu vá?
Ela colocou a mão contra o coração dele.
– Quanto mais cedo você for, mais cedo estará de volta.
– Eu vou com você, pai.
Ainoã seguiu Saul para dentro da casa.
– Jeiel sabe mais sobre jumentos do que qualquer homem em Gibeá, Saul. Leve-o com você. Jônatas pode continuar a arar.
– Mas, mãe...
Ela lançou ao filho um olhar repressor.
– Se vocês dois forem, nada será feito.
– Pai, os filisteus podem ter roubado os jumentos e os levado para Geba. – A guarnição não ficava longe. – Devemos ir até lá primeiro.
A mãe o encarou.
– Você não vai. Seu pai tem o suficiente a fazer sem ter que cuidar de você.
O rosto de Jônatas ficou quente.
– Sei usar um arco melhor do que qualquer homem em Gibeá.
– Seu pai vai procurar os jumentos, não começar uma guerra.
– Basta! – Saul rosnou. – Embale bastante pão e frutas secas para durar alguns dias. Não há como dizer quão longe os jumentos foram.
A esposa se moveu rapidamente para cumprir a ordem.
Saul murmurou e andou pela sala, chutando coisas pelo caminho. Quando viu Jônatas ainda de pé, fez um sinal com o queixo.
– Vá e encontre Jeiel. Diga-lhe que se apresse!
– Eu irei. – Jônatas recuou para a porta. – Mas e se os jumentos estiverem em Geba?
Saul atirou a mão para o alto.
– Então eles se perderam de fato. E Mesha vai desejar ter feito o que lhe foi ordenado!
– Eles foram vagando e se afastaram. – disse Ainoã, em um tom calmo. – Isso é tudo o que aconteceu. Você vai encontrá-los antes que o sol se

ponha, meu amor. – Ela enfiou mais pão em um saco. – Os filisteus têm mais jumentos do que precisam. Além disso, eles cobiçam cavalos.

– Diga a Jeiel que estou pronto e esperando por ele! – gritou Saul para Jônatas.

Jônatas encontrou Jeiel trabalhando duro para consertar a parede de um aprisco vazio.

– Quis está enviando meu pai para encontrar alguns jumentos vadios. Meu pai quer que você vá com ele. Ele está pronto para partir.

Jeiel se levantou e limpou as mãos.

– Vou pegar o que preciso e já volto.

Jônatas o seguiu.

– Você poderia dizer ao pai que as ovelhas podem escapar se você não terminar o trabalho. Pode dizer que posso servi-lo tão bem quanto você.

Ele tinha explorado as colinas e os vales ao redor de Gibeá e até mesmo atrevera-se a aproximar-se o suficiente das muralhas de Geba para ouvir os guardas conversando.

– As ovelhas estão pastando, Jônatas, e há dois pastores para vigiá-las.

– E se você se deparar com filisteus enquanto procura os jumentos?

– Não precisa se preocupar com seu pai. Vamos evitar os filisteus. Mesmo que por acaso cruzarmos com eles, duvido que se incomodem com dois homens a pé com pouco mais do que pão e água para roubar.

Jônatas suspirou.

Antes que os dois homens saíssem, Saul agarrou o ombro de Jônatas.

– Termine de arar o campo oeste. Fique de olho em seus irmãos. Você sabe como eles costumam perambular por aí.

– Eu gostaria de ir com você.

Saul olhou para Ainoã.

– Em breve.

Jônatas saiu para trabalhar no campo oeste. Não muito depois que o pai e Jeiel saíram, a mãe foi até ele. Não era seu hábito fazer isso, e ele parou os bois para esperar.

– Alguma coisa errada?

– Não. Nada. Sente-se comigo na sombra e descanse um pouco.

– O pai queria que eu arasse a terra...

– Não vou mantê-lo longe do trabalho por muito tempo, meu filho.

Ele segurou as rédeas e a seguiu. Ela o levou à mesma árvore onde havia se sentado antes com o pai e os tios, ouvindo falar de reis e de guerra.

Ajoelhando-se, ela serviu pão fresco, um odre de vinho, tâmaras secas e passas. As sobrancelhas de Jônatas se ergueram ligeiramente. Talvez ela pretendesse adoçar palavras capazes de azedar seu humor. Ele preparou suas defesas.

– Você ainda está chateado por não ter permissão para ir com seu pai – ela disse.

– São tempos difíceis, mãe, e ele é um homem muito importante para ser guardado apenas por um servo. E se encontram filisteus?

– Seu pai está procurando jumentos, não uma briga.

As mulheres nunca entenderiam!

– Ninguém tem que procurar briga para se encontrar no meio de uma.

A mãe suspirou.

– Você ama seu pai, Jônatas. Sei que seu coração está sempre no lugar certo. Mas você precisa aprender a usar a cabeça, meu filho. Vi como você olhou seu pai e Jeiel quando partiram. Foram para a guarnição? Foram armados para acusar e prontos para lutar? – Ela cruzou as mãos no colo. – Você instou seu pai a procurar primeiro em Geba. Isso foi para protegê-lo ou instigá-lo ao perigo?

– Mas provavelmente é lá que estão os jumentos.

– Só porque falta um cordeiro não significa que ele está na boca de um leão. Jeiel tentará rastrear os jumentos. Talvez os filisteus não tenham nada a ver com eles. Se os levaram, o assunto estará encerrado.

Jônatas esfregou o rosto em frustração.

– Os filisteus roubam tudo em que põem as mãos.

– Mas não vim falar de filisteus ou jumentos. Deus sabe onde eles estão. E, se for a vontade de Deus, ele vai deixar seu pai encontrá-los. Eu me importo mais com meu filho do que com alguns animais de carga. – Ela se levantou e apertou-lhe a mão. – Vim dizer que estou muito orgulhosa de você, Jônatas. Você tem coragem. Só quero que viva o suficiente para ter bom senso.

Ela se inclinou e cobriu o pão com um pano.

– Se Israel conseguir o que quer, em breve teremos um rei, como todas as nações vizinhas. E o que mais um rei pode fazer a não ser recrutar filhos para o exército ou fazê-los correr à frente de sua carruagem? Suas irmãs podem um dia acabar sendo cozinheiras, padeiras ou perfumistas em algum palácio no território de Judá, uma vez que Judá pensa que um deles deve governar, em vez de um benjamita. Um rei terá o melhor de nossas colheitas e de nossos rebanhos e os dará aos seus. Vai querer uma porção de tudo que temos. Foi isso que o profeta Samuel disse a seu avô e aos outros que foram a Ramá para pedir um rei. Samuel diz a verdade. Tudo que você tem de fazer é olhar ao redor e ver...

– Estamos à mercê dos filisteus, mãe. Você prefere se sentar e não fazer nada?

– Meu pai, Aimaás, era um grande homem. Disse que devemos confiar no Senhor. Deus é nosso rei.

– Deus nos abandonou.

– Homens que dizem tais coisas não têm fé, e, sem fé, não temos esperança. Sei que sou apenas uma mulher. O que poderia saber? – Ela ergueu o queixo, e ele viu que seus olhos escuros brilhavam. – Mas sei que você é meu filho, neto de Aimaás. Ouça as palavras dele, não as minhas. Se um homem segue a Deus, deve alinhar-se com os homens de Deus. Samuel é o profeta ungido de Deus. Fala a palavra de Deus. Ouça com atenção o que ele diz.

– Eu não estava em Ramá.

Como ela sabia do que foi dito lá?

– Eu gostaria que você tivesse ido. Teria ouvido as palavras do profeta em vez de ouvir sua mãe repetir o que ouviu. – Ela suspirou. – Vim dizer que muitas coisas podem mudar, e rapidamente. Enquanto trabalha nos campos, ore. Pergunte ao Senhor o que ele quer de você.

# O PRÍNCIPE

E o que o Senhor poderia querer dele senão lutar e expulsar os idólatras da terra?

A mãe o estudou. Os olhos dela escureceram e ficaram úmidos. Ela balançou a cabeça lentamente, levantou-se e afastou-se.

Um dia se passou, depois outro, e o pai de Jônatas e Jeiel não voltaram. A mãe não disse nada.

Os homens reunidos em volta da mesa de Quis reclamavam dos filisteus e da corrupção dos filhos de Samuel, que agora tinham sido designados para governar Israel. Jônatas sentou-se com os irmãos mais novos, Abinadabe, Malquisua e Isbosete, e comeu em silêncio, preocupado com o pai.

O primo de Saul, Abner, cortou uma porção de cabrito assado.

— Samuel não ficou satisfeito quando nos encontramos com ele em Ramá. Tomou nosso pedido de um rei como uma afronta pessoal.

Quis mergulhou o pão na tigela de guisado de lentilhas.

— Ele não vai durar muito neste mundo, e precisamos de um homem que possa governar antes de seguir o caminho de todo mortal. Não há ninguém como Samuel na terra.

— Verdade! Mas os filhos dele são desprezíveis.

— Eles mantêm um tribunal em Berseba e coletam tributos como reis pagãos!

Um dos tios de Jônatas pegou um cacho de uvas.

— Eles foram úteis no passado.

Quis deu uma risada rouca.

— Só porque lhes pagamos subornos maiores do que aqueles que reclamavam de nós! Joel e Abias não são confiáveis. São gananciosos e dirigem suas decisões para quem lhes dá o que eles querem.

— E o que eles querem muda de um dia para o outro.

— Como um homem como Samuel pôde ter filhos como aqueles dois?

— Quis, você convenceu Samuel, não foi, meu irmão? Ele disse que teríamos um rei.

Quis serviu o vinho.

— A questão é: quando? E quem será? Um judeu? Assim será, de acordo com a profecia de Jacó.

– Não há um judeu digno o suficiente para nos governar!

– Por que não você, Quis? Você é rico.

Os irmãos e filhos de Quis, igualmente ambiciosos em favorecer a tribo de Benjamim, foram rápidos em concordar.

– Você é um líder de Israel.

– O maior entre todas as tribos.

– Você tem influência.

– As outras tribos resmungam, mas é claro que seus anciãos esperam que nossa casa governe.

Os olhos escuros de Quis brilharam como fogo.

– Sei que eles nos querem, mas sou um homem velho. Terá que ser alguém mais jovem e mais forte que eu, um homem de estatura capaz de impressionar outras tribos o suficiente para convencê-las a segui-lo.

Jônatas se inclinou para ouvir. Não havia homem mais alto nem de porte mais régio do que seu pai, Saul.

– As doze tribos devem ser unificadas. Precisamos de um rei como os das nações vizinhas, um herói que lute por nós.

Jônatas pensou nas palavras da mãe sobre Aimaás. Aimaás tinha sido morto pelos filisteus, e Jônatas tinha poucas lembranças dele, a não ser que ele não era como Quis. Quis era colérico. Ruidoso. Sempre fazendo planos para a guerra. Aimaás havia ensinado Jônatas a dizer: "Confia no Senhor e no poder de sua força". Quis acreditava que Deus ajudava aqueles que se ajudavam. E liderava os homens reunidos naquela sala. Todos acreditavam que o Senhor deixara sua proteção por conta deles, e se colocarem contra os filisteus significava que deveriam adotar os caminhos das nações vizinhas, que tinham reis poderosos e grandes exércitos. Alguns até pensavam que os deuses da Filístia eram mais poderosos que o Deus de Abraão, Isaac e Jacó. Caso contrário, como poderiam ser tão oprimidos pelos filisteus?

Quis arrancou outro pedaço de pão.

– Samuel disse que Deus nos dará o que queremos.

Todos os homens na sala sabiam quem Quis tinha em mente. Conversavam muitas vezes entre si. Saul se levantou. Uma cabeça mais alto que qualquer outro homem em Gibeá, tinha as belas feições da tribo benjamita, descendente do filho mais novo da bela esposa e favorita de Jacó, Raquel. Homens – e mulheres – o admiravam toda vez que Saul assistia a uma das festas religiosas. Não que ele as frequentasse com frequência. Preferia arar, plantar e colher a assistir a serviços religiosos, aos quais era obrigado a ir três vezes por ano. Saul parecia um rei, embora não tivesse ambição de se tornar um.

Jônatas sabia que não importava o que Quis quisesse. Deus diria a Samuel quem escolher.

Por mais que amasse e respeitasse o pai, não conseguia imaginar Saul como rei.

Mas, se não Saul, quem? Abner? Era um líder capaz, feroz e intransigente. Ou Amasa, irmão de Abner? Ambos eram homens de coragem e força, sempre com planos de expulsar os filisteus se Deus lhes desse um rei para unir as tribos. Eles falavam, mas poderiam liderar?

Jônatas olhou para seus parentes. Estavam todos ansioso por um rei, quer Samuel gostasse disso ou não. Se o pai fosse feito rei, tudo mudaria. Jônatas sentiu uma onda de apreensão ao pensar que se tornaria herdeiro do trono.

As palavras da mãe comoveram seu espírito: *"Confia no Senhor. Ele é nosso rei"*.

Então por que o Senhor não destruía seus inimigos? Por que permitia que os filisteus os oprimissem? Se Deus ainda se importava, por que não os expulsava? Ele tinha enviado Moisés, assim como outros. De vez em quando, parecia que o Senhor despertava para a necessidade deles e enviava um homem para libertá-los. Mas os anos se passavam e ninguém aparecia. A única palavra que eles tinham ouvido de Deus viera através de Samuel, que lhes disse que eram culpados.

O que restou, então, a todos os homens que faziam o que julgavam correto? Pois era certo que ninguém confiava nos filhos de Samuel para tomar decisões com a sabedoria e a justiça do pai.

Jônatas tinha ouvido Samuel falar apenas uma vez, mas ainda se lembrava de como seu coração acelerou quando o profeta lembrou ao povo que seus antepassados foram escravos no Egito e que Deus enviou Moisés para libertá-los da escravidão. Deus havia enviado as pragas para libertá-los do faraó, tinha dado água ao povo no deserto e feito chover maná do céu. Deus tinha aberto o mar Vermelho para salvar Israel e depois o fechara sobre o exército do faraó. O que quer que as pessoas precisassem, Deus havia providenciado. Todos os anos em que vagaram no deserto e sofreram sob sol escaldante, tinham água e comida suficiente. Seus sapatos e roupas nunca se desgastavam. Quando todos aqueles que se recusaram a confiar no Senhor morreram, seus filhos atravessaram o rio Jordão e reclamaram a terra prometida por Deus. Canaã, terra de leite e mel.

Samuel disse que o Senhor seu Deus havia expulsado muitos dos cananeus antes que eles chegassem, e então ordenou a seu povo para expulsar os restantes. O Senhor os havia testado para ver se eles seguiriam seus mandamentos com determinação. Enquanto Josué, depois Calebe, depois Otoniel viveram, eles obedeceram. Mas, eventualmente, as pessoas se cansaram de lutar e desistiram de tentar limpar a terra. E daí se alguns inimigos sobrevivessem em cavernas e penhascos? O povo de Deus tentara, não foi? Certamente Deus não poderia esperar mais deles do que isso. Dava muito trabalho caçar os retardatários e expulsá-los. Que mal havia em deixá-los por conta própria? Era hora de desfrutar das colheitas, dos rebanhos e das manadas, das árvores frutíferas prontas para a colheita. Era hora de saborear o leite e o mel!

Mas os inimigos sobreviventes eram como ervas daninhas. Cresciam rapidamente e se espalhavam.

E, agora, ali estavam os filisteus – uma guarnição inteira –, a algumas colinas de distância. Esses homens do mar eram poderosos, armados e arrogantes. E se mudavam mais para o interior todos os anos. Ninguém em Israel fez alguma coisa para expulsá-los da terra. Ninguém se atreveu, especialmente agora que nem um único ferreiro podia ser encontrado para forjar uma arma. E como poderiam doze tribos díspares, com inúmeros líderes, se unir e lutar contra as forças organizadas que se moviam sob o comando de um rei?

– Precisamos de um rei como eles têm. Sem um rei para nos unir, estamos indefesos.

– Quando um rei nos unir, não teremos que viver com medo, perguntando se de um dia para o outro os saqueadores vão roubar nossas colheitas e nossos animais.

*Animais!*

Jônatas sentiu uma onda de medo. O pai ainda não voltara. Quanto tempo levaria para encontrar os jumentos?

*Deus, por favor, traga meu pai para casa em segurança.*

Será que Deus ainda ouvia suas orações? Será que o Senhor os tinha abandonado, como diziam alguns de seus parentes? Será que o Senhor esperava que eles vivessem por sua própria força e astúcia?

Samuel disse que, se voltassem para o Senhor, o Senhor os livraria dos inimigos. Mas Jônatas não compreendera o que o profeta quis dizer. Ele tinha abandonado o Senhor? Os filisteus continuavam a invadir pouco a pouco mais território, atacando todos os lugares desguarnecidos, construindo fortalezas. E Deus não os impediu. Não interveio com sua mão poderosa para varrê-los da terra, mesmo que, pela história, Jônatas soubesse que seria um gesto pequeno para Deus, que enviara dez pragas sobre o Egito, mandar uma praga ou duas sobre os filisteus! Por que Ele não o fazia?

A mãe lhe dissera que seu avô Aimaás costumava dizer: "Toda provação vai fortalecer ou enfraquecer nossa fé".

Os filisteus cresciam em número e poder a cada ano. Vestiam roupas coloridas e armaduras, usavam os cabelos grossos como coroas trançadas, mantinham a cabeça erguida, armados para matar, rápidos com riso zombeteiro e a paixão desenfreada por seus ídolos. Eram uma visão! Seus deuses deviam existir. Se não, de que outra forma eles teriam tal confiança em si mesmos e desdém pelos outros? Eram os conquistadores, que enriqueciam com aqueles que oprimiam. Israel estava sendo despojado enquanto Deus permanecia em silêncio.

– O Senhor falou com Samuel e lhe disse que um rei será escolhido – disse Quis, pousando a taça de vinho. – Ou ele concorda que precisamos de um rei ou não planeja mais governar.

A quem Quis se referia? A Deus ou a Samuel? De qualquer forma, Jônatas sentiu um calafrio se espalhar pela corrente sanguínea.

Poderia seu pai ou qualquer outro homem governar efetivamente Israel? Sempre que os anciãos se reuniam, brigavam. Podiam acreditar em Deus, mas desconfiavam uns dos outros.

A mente de Jônatas vagava.

Como deve ter sido viver sob a proteção de Deus, a chuva de dia, a coluna de fogo à noite? Qual seria o gosto do maná? Como seria ver a água fluindo de uma rocha? Jônatas muitas vezes ansiava por dias que nunca havia vivido. Sentia-se desamparado, a alma faminta.

Costumava sonhar em estudar a Lei – talvez até em Naiot, onde Samuel estava. O Senhor tinha falado com Samuel. Samuel saberia as respostas para as perguntas que muitas vezes o atormentavam. O que significava confiar e obedecer a Deus? O que devia fazer para agradá-lo? Era evidente que as oferendas não tinham sido suficientes. Deus estava longe, silencioso. O Senhor ouvira alguém além de Samuel?

Por mais honesto e justo que fosse, Samuel empalidecia diante da história de Moisés, que trouxera a Lei do monte Sinai, e de Josué, que havia conquistado a terra. Aqueles foram dias em que Deus governou como rei! Deus tinha saído à frente deles na batalha e protegido sua retaguarda. Havia lançado pedras de granizo do céu! Quem poderia se opor a um Deus assim? Tinha transformado escravos em homens livres e ovelhas amedrontadas em um exército de leões.

Mas onde estava o exército de Israel agora? Os poderosos guerreiros, que uma vez tinham reivindicado sua herança, haviam produzido ovelhas assustadas, que baliam em colheitas escassas e poços secos e viviam com medo dos lobos filisteus.

E se Quis conseguisse o que queria e vivesse para ver Saul coroado rei de Israel? Jônatas sentiu uma onda de medo. Seu pai era agricultor, não guerreiro. Mesmo agora, podia estar morto. Não devia ter demorado tanto para encontrar os jumentos.

Jônatas deu voz à sua preocupação.

– Meu pai partiu faz muito tempo. Posso ir procurá-lo?

Abner franziu a testa.

– Saul se foi há muito tempo.

Quis considerou por um momento e então acenou com a mão.

– É muito cedo para se preocupar, meu filho.

– Ele se foi há dois dias inteiros, avô.

Quis deu uma risada sombria.

– Um dia para encontrar os jumentos, um dia para amuar, um dia para voltar. Se ele não tiver voltado depois de amanhã, então vou me preocupar.

– Com a sua permissão, eu irei procurá-lo amanhã. Ele pode ter tido problemas.

– O jovem acha que poderia enfrentar filisteus.

Jônatas tinha treze anos e era considerado um homem. Há quanto tempo eles o viam assim?

– Espere. Devemos descartar o amor de um filho pelo pai? – Os olhos de Quis brilharam de orgulho enquanto estudava Jônatas, mas balançou a cabeça. – Seu pai demora porque está com raiva. Estará em casa em alguns dias.

Jônatas desejou poder ter a mesma certeza.

Jônatas ouviu o grito de alarme. Um dos pastores veio correndo pelo campo.

– Os jumentos estão no poço.

Alguma coisa devia ter acontecido com o pai! Jônatas saiu correndo.

– Avô!

Quis saiu de casa. Jônatas lhe contou sobre os jumentos, e Quis gritou para o pastor:

– Você viu meu filho?

– Não, meu senhor. Não vi nenhum sinal dele.

– Deixe-me ir. – Jônatas temia que tivessem esperado demais. – Deixe-me ir encontrar meu pai!

Quis gritou, e vários homens vieram correndo.

Jônatas recusou-se a ser posto de lado.

– Eu tenho que ir!

– Abner irá.

– Deixe-me ir com ele.

Quis agarrou o ombro de Jônatas.

– Vá! Mas não procure problemas.

Eles viajaram rapidamente, parando para perguntar se alguém tinha visto Saul e Jeiel. Tinham sido vistos, mas haviam seguido viagem. Jônatas e Abner atravessaram a região montanhosa de Efraim e a área ao redor de Shalishá e entraram no distrito de Zuph, seguindo o que ouviam sobre eles.

Abner parecia perplexo.

– O profeta mora aqui.

Será que o pai viria de tão longe para perguntar a Samuel onde estavam os jumentos?

Com os olhos brilhando, Abner entrou na cidade de Naiot.

– Teremos notícias de Saul aqui. Estou certo disso.

Sim, Saul e seu servo tinham estado ali. A cidade ainda falava deles.

– Samuel convidou Saul para comer com ele. – Os homens ainda estavam falando sobre a festa. – Samuel havia guardado a melhor parte do cordeiro para ele.

A melhor parte? O que isso significava?

– Por quê?

– Não sabemos, mas Samuel parecia estar esperando por ele.

Jônatas olhou em volta.

– Onde está meu pai agora?

– Partiu.

A voz de Abner estava tensa de excitação.

– E Samuel? Podemos falar com ele?

– Ele também se foi.

– Eles saíram juntos? – Abner queria saber.

Um ancião deu de ombros, enquanto outro apontou.

– Não. Saul tomou o caminho de Betel.

Abner agarrou o braço de Jônatas.

– Vamos. Devemos nos apressar!
– O que você acha que aconteceu?
– Descobriremos quando encontrarmos seu pai.

Saul e Jeiel não estavam em Betel. Aparentemente, Saul e o servo haviam entrado na cidade com três outros homens, receberam pão e tomaram o caminho de Gibeá.

– Talvez ele tenha descoberto que os jumentos voltaram – disse Jônatas.

Abner riu estranhamente.

– Ou talvez tenha acontecido outra coisa!

Eles encontraram outros que tinham visto Saul e estavam cheios de notícias sobre o que tinha acontecido.

– Seu pai se juntou à procissão de profetas que vinham do alto de Gibeá e profetizou com eles!

O pai de Jônatas, um profeta? Como poderia ser isso?

Outros se aproximaram para ouvir o que estava sendo dito.

– O que aconteceu com o filho de Quis?
– Ele profetizou!
– O quê? Então Saul é um profeta?

Jônatas se meteu entre eles.

– Onde está meu pai agora?
– Ele subiu ao lugar alto!

Mas, quando chegaram lá, Saul e Jeiel já tinham ido embora.

– Há quanto tempo eles partiram?
– Não muito.

Jônatas e Abner correram para alcançá-los. Por fim, Jônatas viu um homem alto e um menor andando por uma colina distante.

– Pai! – Jônatas gritou e apressou o passo. Abner veio em seus calcanhares.

Saul se virou e esperou. Abraçou Jônatas e sorriu.

– Estávamos preocupados com você e viemos procurá-lo – disse Jônatas, ofegante. O que era aquele cheiro que sentia no pai? Algo doce. O cabelo do pai estava cheio de óleo.

Saul cumprimentou Abner.

– O que aconteceu com você? – perguntou Abner.

A expressão de Saul se fechou.

– Estive procurando os jumentos.

Abner se aproximou.

– Você comeu com Samuel!

Saul ergueu os ombros e voltou-se na direção de casa.

– Quando vimos que os jumentos não seriam encontrados, fomos até ele. Jeiel tinha um pouco de dinheiro com ele como presente.

– E Samuel o aceitou? – Abner pareceu surpreso.

– Não – Jeiel apressou-se em dizer.

– Diga-me o que aconteceu.

Saul olhou furioso para Abner.

– Samuel me disse para seguir para o lugar alto.

Jônatas sentiu a sutil mudança no comportamento do pai. Algo importante havia acontecido, mas ele não quis explicar.

Abner pôs a mão em Saul.

– O que Samuel lhe disse?

Saul se soltou.

– Ele nos garantiu que os jumentos tinham sido encontrados. – Ele olhou fixamente para Abner. – E eles foram, não é?

– Sim.

Sem mais palavras, Saul dirigiu-se a Gibeá.

Abner virou-se, frustrado.

– Jeiel! – Ele caminhou com o servo, falando baixinho. Jeiel estendeu as mãos e deu de ombros.

Jônatas alcançou o pai e caminhou com ele.

Saul deu uma risada áspera.

– Jeiel não sabe de nada.

– Há algo para saber, pai?

Saul apertou os lábios.

O coração de Jônatas disparou.

– Senti cheiro de incenso...

Saul lançou-lhe um olhar. A cor surgiu em seu rosto.
– Não diga nada disso a ninguém. Entende?
– Sim.

Jônatas não disse mais nada, mas estava com medo de que as preces de Quis pudessem ter sido respondidas.

\* \* \*

Saul se recusou a falar sobre seu encontro com Samuel. Voltou a lavrar a terra, enquanto Quis e os outros especulavam sobre o que havia acontecido. Jônatas trabalhou com o pai, esperando que ele dissesse algo sobre o que acontecera em Naiot. Mas o pai não disse nada e continuou trabalhando em silêncio, pensativo e nervoso. Jônatas absteve-se de pressioná-lo como os outros tinham feito.

Mas falou com a mãe sobre isso.

– Claro que algo aconteceu – ela sussurrou. – Tenho medo de pensar o que pode ter sido. Fique perto de seu pai. Faça o que ele pedir. Quando estiver preparado, ele provavelmente lhe dirá. Acho que ele vai precisar de você nos próximos dias.

– Ele lhe disse alguma coisa?

– Não, mas às vezes o silêncio de um homem fala mais alto do que suas palavras.

Quis foi até o campo.

– Deixe que os servos façam o resto do trabalho na lavoura, meu filho. Você é muito importante para fazer esse trabalho.

Saul o encarou.

– Sou um agricultor, nada mais.

– Sim, somos agricultores. Mas você pode ser chamado para algo maior.

– Não posso viver seu sonho, pai.

– Fomos convocados a Mispá.

– Convocados?

– Samuel mandou avisar que todos devem reunir-se em Mispá.

Saul ficou pálido.

– Por quê?

– O que você acha? – Quis estava tenso de excitação. – Samuel vai nos dizer quem Deus escolheu para governar Israel.

Saul pôs a mão no arado.

– Judá governará.

– Judá? – Quis deu uma risada irônica. – Não há um homem poderoso na tribo de Judá desde que Calebe e Otoniel morreram. Judá!

– É a profecia! – Saul não levantou a cabeça. – Jacó disse...

– E você acha que isso dá a Judá o direito de nos governar? Há quantos séculos foi isso?

– Então vá! Você é o chefe do nosso clã! Talvez tenhamos sorte, e você será rei! Eu fico aqui.

O rosto de Quis ficou vermelho.

– Vamos todos! Samuel convocou todo o povo. Todos nós! Entende? – Ele balançou a cabeça quando Saul estalou as rédeas e dobrou a força que punha no arado. – Partimos amanhã! – Quis gritou e olhou para Jônatas. – Partimos ao amanhecer! – E se afastou.

Jônatas fez sinal para um servo, deixou-o encarregado de sua junta de bois e foi atrás do pai. Saul parou no final do campo e passou a mão trêmula no rosto. Jônatas o ouviu murmurar uma oração irada. Saul continuou parado, olhando para longe. Jônatas parou perto dele, esperando, sem saber o que dizer.

– O que há de errado?

Saul deu uma risada amarga.

– Por que algo deveria estar errado? Além de todos estarem fazendo planos para a minha vida! – Ele deu a Jônatas um olhar ferido. – Um homem deve ser capaz de dizer sim ou não, não é?

Jônatas não soube o que dizer.

Saul balançou a cabeça e olhou para trás, para o campo recém-arado.

– Ele não pode estar certo.

Ele estava falando de Quis? Ou de outra pessoa?

– Seja o que acontecer, pai, estarei com você.

# O PRÍNCIPE

Saul soltou a respiração lentamente.

– Você não terá escolha.

Ele entregou a Jônatas as rédeas e o aguilhão e caminhou lentamente, de ombros caídos, em direção a Gibeá.

\* \* \*

Israel inteiro se reuniu em Mispá. Jônatas nunca tinha visto tanta gente em sua vida! Milhares e milhares de tendas foram erguidas, e a multidão se aglomerou, murmurando como o estrondo de uma tempestade pronta a chover louvores ao rei que Deus escolheria.

Quando Samuel apareceu, nenhum homem, mulher ou criança falou. Aqui e ali, um bebê chorou, mas foi rapidamente acalmado.

– Isto é o que o Senhor, Deus de Israel, declarou! – disse Samuel, erguendo os braços.

O coração de Jônatas disparou.

– Eu os tirei do Egito e os livrei dos egípcios e de todas as nações que os oprimiam. Mas, embora eu os tenha resgatado de sua miséria e angústia, hoje vocês rejeitaram seu Deus e disseram: "Não, queremos um rei em seu lugar!" Agora, portanto, apresentem-se perante o Senhor por tribos e clãs.

Samuel observou os clãs de cada tribo passarem por ele: levitas, rubenitas, simeonitas e filhos de Judá, depois as tribos de Dã e Naftali. O raspar de sandálias e pés descalços era tudo o que se ouvia, pois ninguém ousou proferir uma palavra enquanto o profeta observava e esperava o Senhor lhe dizer quem seria rei. Os gaditas e aseritas, filhos de Issacar e Zebulom, passaram por ele. Então as meias tribos de Manassés e Efraim, que descendiam de José. Só faltava a tribo de Benjamim.

O estômago de Jônatas se apertou. Quanto mais se aproximavam de Samuel, mais forte seu coração batia. O pai não estava a seu lado. Não conseguia vê-lo em lugar nenhum. Para onde fora? Podia sentir a excitação no ar. Quis andava a passos largos, cabeça erguida, olhos brilhantes, rosto corado. Será que ele sabia que Saul estava desaparecido?

– *Benjamim!* – Samuel gritou, e o coração de Jônatas saltou na garganta. Uma onda de vozes calmas ondulou como água cascateando na rocha.

– Apresentem-se, clã por clã – disse Samuel.

Os homens de Benjamim obedeceram.

Quis olhou ao redor e agarrou o braço de Jônatas.

– Onde está seu pai?

– Não sei.

– Matri![1] – Samuel chamou.

Quis olhou ao redor novamente com um olhar frenético.

– Quis! – clamou a voz de Samuel. – O Senhor nomeou Saul rei de Israel.

A tribo de Benjamim explodiu em pulos e aplausos.

– Saul! – Quis virou de um lado para o outro. – *Saul!*

As vozes se ergueram, algumas em triunfo, outras em dúvida.

Jônatas olhou em volta, procurando. *Ah, pai. Pai!* Para onde ele poderia ter ido?

O rosto de Quis ensombreceu. Ele pegou um de seus filhos e chamou os outros.

– Encontrem seu irmão! Rápido! Vão! Antes que esses aplausos se transformem em vaias! *Vão!*

– Ele já esteve aqui? – perguntou alguém.

Samuel parecia sombrio.

– Sim. Ele se escondeu em meio às bagagens.

Jônatas sentiu o sangue sumir de seu rosto e voltar a inundá-lo até se sentir em chamas de tanta vergonha. Baixou a cabeça e atravessou o grupo de homens. Alguns começaram a gritar.

– Escondido? Como um homem assim poderia nos salvar?

– Que tipo de herói ele será?

Jônatas correu em direção às pilhas de bagagem, tão ansioso para encontrar o pai quanto para fugir das palavras de desdém e desprezo. Escondendo-se? Certamente, não! O pai não era um covarde!

---

[1] Nome do fundador da família benjamita da qual Quis descendia e que viveu por volta de 1612 a.C. (N.T.)

Jônatas encontrou o pai encolhido entre os pacotes e sacos, ombros caídos, cabeça nas mãos.

– Você é o rei, pai. O Senhor o fez rei!

Saul gemeu de sofrimento.

– Diga a Samuel que é tudo um engano.

– Deus disse a Samuel que é você. Deus não comete erros.

Jônatas se agachou ao lado dele.

– Você tem de vir.

Ele lutou contra as lágrimas e a humilhação. E se os outros vissem o pai assim? Não suportaria.

– O Senhor vai ajudá-lo. Certamente o Senhor não abandonará aquele que escolheu, mesmo que abandone o resto de nós.

Saul levantou a cabeça. Quando estendeu a mão, Jônatas agarrou-a e ajudou-o a ficar de pé. Podia sentir o pai estremecer quando alguém gritou:

– Lá está ele!

Os homens avançaram em direção a eles e os cercaram. Saul escondeu o medo e se endireitou. Era uma cabeça mais alto do que todos os homens que o cercavam. Belo e forte, erguia-se como um rei entre eles. Saul foi varrido como uma folha em um rio até que parou diante de Samuel.

O profeta estendeu a mão.

– Este é o homem que o Senhor escolheu como seu rei. Ninguém em Israel inteiro é como ele!

Jônatas viu homens de Judá zombando e sussurrando. Felizmente, a grande maioria gritava:

– Longa vida ao rei!

– Ouçam a palavra do Senhor! – disse Samuel, dirigindo-se à multidão.

Saul ficou ao lado do profeta, de frente para o povo. Samuel abriu um pergaminho e leu. Alguns ficaram parados e escutaram. Muitos se mexiam. Alguns sussurravam. Samuel olhou para o povo.

– O Senhor disse que chegaria o dia em que pediríamos um rei. Ordenou que nomeássemos um companheiro israelita, não podia ser estrangeiro. – Ele encarou Saul. – O rei não deve construir um grande estábulo de cavalos para si ou enviar seu povo para o Egito para comprar cavalos, pois o Senhor lhe disse: "Você nunca mais deve voltar ao Egito". O rei não deve tomar muitas esposas, porque elas desviarão seu coração do Senhor. E não deve acumular grande riqueza em prata e ouro para si.

Samuel pegou um rolo menor de pergaminho, colocou-o sobre o altar de pedra que havia construído e estendeu a Torá a Saul.

– Saul, filho de Quis, filho de Abiel, filho de Zeror, filho de Becorate, filho de Afias de Benjamim, você deve copiar este corpo de instruções em um pergaminho, na presença dos sacerdotes levíticos. Deve sempre manter essa cópia consigo e lê-la diariamente enquanto viver. Assim aprenderá a temer ao Senhor seu Deus, obedecendo a todos os termos destas instruções e decretos. Essa leitura regular o impedirá de ser orgulhoso e agir como se estivesse acima de seus concidadãos. Também o impedirá de descumprir essas ordens. E garantirá que você e seus descendentes possam reinar por muitas gerações em Israel.

Saul pegou o rolo e o segurou ao seu lado como uma espada. Samuel o virou para o povo. A mandíbula de Saul se fechou quando olhou para os milhares e milhares que o encaravam. Olhou, mas nada disse.

Jônatas se encheu de orgulho ao observar o pai. Ninguém poderia dizer que ele havia cobiçado o poder da realeza. Saul tinha a ansiedade de um homem que acabara de receber uma sentença de morte. Mas nenhum homem em Israel inteiro parecia mais rei do que Saul, filho de Quis.

Jônatas orou.

*Custe o que custar, Senhor, ajude-me a ajudar meu pai. Dê-me força quando ele precisar de proteção. Dê-me sabedoria quando ele precisar de conselho. Coloque homens poderosos ao seu redor, guerreiros que temem o Senhor e servirão fielmente o rei.*

\* \* \*

Jônatas pensou que suas vidas mudariam, mas, assim que a família chegou a Gibeá, o pai voltou a trabalhar no campo. Aqueles que voltaram

## O PRÍNCIPE

com ele estavam ansiosos para cumprir as ordens do rei. Construíram acampamentos ao redor do povoado e esperaram.

– Você vai copiar a Lei, pai?

– Os campos devem vir em primeiro lugar.

Perturbado, Jônatas foi até a mãe.

– O profeta ordenou isso, mãe. Certamente Samuel ficará descontente se o pai não cumprir sua ordem.

– Saul agora é rei de Israel, Jônatas, e todo rei faz o que lhe agrada. Se seu pai não copiar a Lei, não há nada que você possa fazer. Não perca tempo discutindo com ele. Por mais forte que seja seu avô, alguma vez ele ganhou uma batalha de Saul?

– Não.

– Seu pai não tinha ambições de ser rei, mas, goste ou não, agora ele é. E, queira ou não, você é o príncipe herdeiro do trono.

A mãe de Jônatas era perspicaz. Tudo o que ela disse fazia sentido.

– O que você está dizendo, mãe? Prefiro que você me diga abertamente.

– Uma mulher deve dizer a um homem o que ele deve fazer?

– Tudo o que quero é servir ao pai.

Ela cruzou as mãos no colo e sorriu enigmaticamente.

– Então sirva-o.

Ah. Se a Lei devia ser escrita e o pai não teve tempo de escrevê-la, então ele devia fazê-lo.

Ele saiu para o campo e pediu permissão ao pai para ir para a escola de profetas em Naiot. Saul assentiu.

– Termine seu trabalho o mais rápido possível e volte para casa.

Ele abraçou Jônatas, beijou-o e deixou-o ir. Quando Jônatas voltou para casa, a mãe já havia feito os preparativos para a viagem.

# DOIS

Jônatas desenrolou um pouco o pergaminho, prendeu-o e cuidadosamente mergulhou a caneta na tinta. Copiou cada letra, cada ponto e cada título exatamente como tinham sido escritos na Lei de Moisés. O lábio estava áspero de tanta pressão, a nuca doía, os músculos dos ombros estavam tensos, mas ele terminou a linha, pôs a pena de lado e se inclinou para trás, enxugando o suor da testa.

– Basta por hoje.

Ao olhar para cima, surpreendeu-se ao ver que Samuel o observava. O rosto do profeta tinha um ar solene, e seus olhos brilhavam do fogo interior. Jônatas nunca se sentia à vontade quando olhava para o rosto de Samuel, aquele homem que ouvira a voz de Deus e falara sua palavra ao povo.

Enquanto Jônatas se levantava, Samuel pegou o pergaminho, enrolou-o com cuidado, colocou-o dentro de seu envoltório e guardou-o.

– O texto da Lei é importante, meu príncipe, mas você também precisa entender o que ele diz.

Jônatas recitou:

– Honra teu pai e tua mãe. Então terás uma vida longa e plena na terra que o Senhor teu Deus está te dando.

## O príncipe

Ele viu a carranca que cruzou o rosto do profeta e sentiu o calor inundar o seu. Será que Samuel o achava impertinente ou, pior, desrespeitoso? Jônatas desejou não ter dito algo que pudesse ser mal interpretado, como as críticas aos filhos do profeta, cuja reputação diferia tanto da do pai quanto o sol da terra. Jônatas engoliu em seco, indeciso. Se lhe pedisse desculpas, teria que se explicar.

– Você andou até esta escola de profetas para copiar a Lei. Por que não uma mais perto de casa?

– O senhor estava aqui, meu senhor.

Os olhos de Samuel escureceram.

– Não me chame de senhor. – Ele apontou para cima. – Existe apenas um Senhor. O Senhor Deus de Abraão, Isaac e Jacó, Deus do céu e da terra.

Jônatas baixou a cabeça. Melhor não dizer nada do que causar mais ofensa.

– Seu pai, o rei, o mandou aqui?

Como devia responder? Não queria que o profeta soubesse que Saul achava os campos mais importantes do que a lei de Deus.

– Não vai responder?

– Ele me deu permissão para vir.

– Por que seu pai não está com você?

O coração de Jônatas disparou.

– O rei tem assuntos de grande importância...

– Mais importantes do que copiar a Lei?

Uma repreensão!

– Não. Eu vou entregá-la a ele.

Samuel balançou a cabeça.

– Todos ouviram o que eu disse a seu pai na coroação em Gilgal. Você estava de pé ao lado dele, não estava?

– Sim.

As palmas das mãos de Jônatas suavam. Deus estaria ouvindo?

– O profeta disse que o rei deveria ter uma cópia da Lei, lê-la todo dia e levá-la sempre consigo.

– O rei deve escrever uma cópia da Lei de próprio punho.

Jônatas não podia prometer que o pai faria sua própria cópia. Apesar dos guerreiros que tinham seguido Saul de volta a Gibeá, o rei se manteve nos campos. Talvez esperasse que eles se cansassem de esperar e fossem para casa. Mas Deus permitiria que isso acontecesse? Uma coisa era querer ser rei; outra era ser escolhido rei por Deus.

– Está com medo de dizer alguma coisa?

Jônatas olhou para o profeta.

– Não sei o que meu pai está pensando. Está pressionado por todos os lados. Não quero aumentar o fardo dele.

A expressão de Samuel suavizou-se. Ele estendeu a mão.

– Sente-se.

Ele se aproximou, sentou-se no banco com Jônatas e descansou as mãos nos joelhos.

– Se deseja honrar e servir seu pai, diga-lhe a verdade. Se sempre falar a verdade ao rei, ele terá motivos para confiar em você mesmo quando não gostar do que diz.

– Como o povo confia em você.

Um lampejo de dor cruzou o rosto do profeta.

– Se Saul obedecer à Lei, o Senhor lhe dará a vitória sobre nossos inimigos, e o povo de Israel poderá completar a obra que Deus lhe deu quando entraram em Canaã.

– Meu pai vai ouvir.

– Não basta ouvir, meu filho. Deve-se obedecer.

Jônatas tinha certeza de que o pai teria vindo pessoalmente copiar a Lei se não tivesse tantas outras responsabilidades. Preocupava-se em preparar os campos. Estava preocupado com a qualidade das sementes, com o sol e a chuva. Sempre se preocupava com muitas coisas. Agora tinha toda a nação com que se preocupar.

– Pode um homem ter o futuro de Israel em suas mãos?

Samuel balançou a cabeça.

– Deus tem o futuro nas mãos.

## O príncipe

– Posso perguntar uma coisa?

Jônatas esperava que Samuel concordasse, pois uma coisa continuava a atormentá-lo. Não conseguia dormir de tanta preocupação.

Samuel inclinou a cabeça em sinal de concordância.

– Em Mispá, você disse que pecamos ao pedir um rei. Deus nos perdoou, mestre? Ou sua ira será derramada sobre meu pai? Saul não pediu para ser rei.

O olhar de Samuel suavizou-se.

– Deus chama quem quer, Jônatas. O povo tem o que quer: um rei acima dos homens. O Senhor é compassivo com seu povo. Quando confessamos diante dele, ele nos perdoa. Deus conhece o coração dos homens, meu príncipe. Ele nos deu mandamentos a seguir para que não caiamos em pecado. Sabia que Israel um dia pediria um rei e disse a Moisés como esse rei devia ser: um irmão, um homem que escrevesse a Lei de próprio punho, a estudasse, ensinasse e praticasse todos os dias de sua vida.

Quando Jônatas voltasse para casa, diria ao pai tudo o que Samuel dissera.

– Você tem grande confiança em seu pai, não tem?

– Sim! – Jônatas assentiu. Estava orgulhoso do pai. – Acho que tenho mais confiança em meu pai do que ele em si mesmo.

– Ele aprenderá o que significa ser rei.

Em quem mais Jônatas poderia confiar senão no profeta de Deus?

– Agora que é rei, ele tem inimigos por todos os lados. Algumas das outras tribos clamaram contra ele quando Deus o fez rei.

– Sempre haverá homens a opor-se àquele que Deus chamar para servi-lo. – Samuel virou-se e colocou a mão direita no ombro de Jônatas. – Honre seu pai, meu filho, mas confie no Senhor nosso Deus. Sei que você ama Saul como deveria. Mas não deixe que o amor o cegue. Não fique em silêncio se vir seu pai, o rei, em pecado. Aprenda a Lei e aconselhe o rei com sabedoria. Você é seu filho mais velho, primeira demonstração de sua força e herdeiro do trono. Muito será esperado de você. Procure a sabedoria do Senhor. Estude a Lei e encoraje seu pai a fazer o mesmo.

Mas nunca pense que pode fazer o trabalho por ele. O rei deve conhecer o Senhor nosso Deus e o poder de sua força.

Jônatas assentiu novamente, aceitando cada palavra de Samuel como se viesse do próprio Deus.

– Vi como você trabalha, meu filho. Lava as mãos antes de entrar na câmara e treme quando abre o pergaminho.

– Guardar a Lei é uma coisa maravilhosa, mestre, mas copiá-la é uma tarefa aterrorizante.

Os olhos de Samuel ficaram úmidos. Ele colocou as mãos nos joelhos e levantou-se.

– Vou examinar seu trabalho.

– Obrigado, mestre.

Samuel deu um tapinha no ombro de Jônatas.

– Queria que todos os homens reverenciassem a Lei como você.

Jônatas baixou a cabeça, envergonhado.

– Confesso que preferia ser um estudante da Lei a ser um príncipe.

Samuel colocou a mão na cabeça de Jônatas.

– Pode ser as duas coisas.

\* \* \*

Jônatas voltou para casa com a cópia da Lei cuidadosamente embalada para viagem. Uma pequena parte dela foi enfiada em um cilindro de couro escondido sob a túnica. Ele a manteria perto do coração todo o tempo.

Como ansiava sentar-se com o pai e discutir a Lei, sondando seus significados, saboreando sua riqueza. Cada dia que trabalhava na cópia, pensava como seria maravilhoso compartilhá-la com o rei.

Encontrou o pai ainda nos campos, e os guerreiros continuavam acampados ao redor de Gibeá, esperando que o rei lhes desse as ordens. Quis parecia abatido. Jônatas ouviu-o sussurrar palavras acaloradas para Abner.

– Não ouso dizer nada a Saul que possa ser ouvido ou esses homens que o servem vão considerá-lo um covarde! O que meu filho está esperando?

# O príncipe

Jônatas ficou perturbado com a conversa. Deus escolhera o pai como rei. Ninguém poderia duvidar disso! Deus diria a Saul quando agir e o que fazer.

Para passar o tempo, os guerreiros lutavam entre si. Treinavam para a guerra diariamente enquanto esperavam um comando. Os hábitos de Saul não haviam mudado. Levantava-se com o sol, reunia seus bois e saía para trabalhar. Quando voltava, jantava com a família e convidados.

Jônatas se oferecera várias vezes para ler a Lei para o pai, mas Saul sempre dizia:

– Mais tarde. Estou cansado.

Quis pegou outro pedaço de pão e se dirigiu ao filho em um sussurro calmo e firme.

– Você precisa fazer alguma coisa, ou esses homens vão abandoná-lo! Eles não vão esperar para sempre você tomar as rédeas do reino.

Linhas tensas apareceram ao redor dos olhos de Saul.

– E tudo que você planejou e pelo qual se sacrificou estará perdido, não é mesmo, pai?

– Não fiz isso por mim – disse Quis entre dentes. – Fiz isso por você, pela nossa família, pelo nosso povo! Você espera porque está com raiva de mim?

– Não.

– Então o que o impede?

– Vou esperar até ter algum sinal do que devo fazer.

– Algum sinal?

Quis jogou o pão no chão, mas, percebendo que os outros o observavam, mostrou os dentes em um sorriso amarelo e se inclinou para pegar algumas passas. Quando os outros voltaram a conversar, Quis olhou para Jônatas e depois de volta para Saul.

– Um sinal de quem? De que sinal você precisa além da coroa em sua cabeça e esses homens dispostos a obedecer ao seu menor comando?

Chateado com o sarcasmo do avô, Jônatas se inclinou para que pudesse ver além do pai.

– Deus dirá ao rei o que fazer e quando fazer.

– A fé de uma criança.

Um rubor surgiu no rosto de Jônatas.

– Meu filho fala com mais sabedoria do que qualquer um nesta mesa! – disse Saul.

A sala ficou em silêncio.

Ruborizado, Quis segurou a língua. Quando Saul se levantou, ele o seguiu, e Jônatas seguiu os dois.

– Você tem cerca de três mil homens – disse Quis quando não podiam mais ser ouvidos. – Os demais se recusam a seguir um rei que se esconde entre as bagagens!

Saul se virou, e seu rosto estava tão vermelho quanto o do pai.

– Eu me senti indigno de ser rei de Israel, mas você conseguiu o que queria, não foi, pai? – Ele ergueu as mãos para cima. – Você e todos os outros parentes ambiciosos que têm sede de sangue filisteu!

– Deus escolheu você.

– Muito conveniente de sua parte se lembrar disso.

Jônatas se levantou, olhando para eles. Não era a primeira vez que os via discutir daquela maneira.

Quis baixou a voz.

– Sim. Queríamos que um dos nossos fosse rei. Judá governou por um tempo, mas era a hora de a tribo de Benjamim conduzir a nação à glória.

Benjamim, o caçula dos doze filhos de Jacó. Benjamim, filho da bela Raquel, a esposa favorita de Jacó. Benjamim, o amado irmãozinho de José. Embora a menor entre as doze tribos, não era menor em arrogância!

– Você deve provar que é digno de respeito, meu filho. Você deve punir aqueles que se recusaram a lhe trazer os presentes devidos a um rei. Você deve...

– *Devo!?* – Saul o encarou, e as veias de seu pescoço saltaram. – Eu uso a coroa. Você, não. Deus disse a Samuel que a colocasse na minha cabeça. Não na sua. Você não tem o direito de me mandar fazer qualquer coisa. Ofereça-me conselhos quando eu os pedir, pai. Se alguma vez os pedir. E nunca esqueça que Jônatas é meu herdeiro.

Quis olhou para trás. Jônatas se perguntou se o avô tinha percebido que ele estivera lá o tempo todo. Murmurando, Quis os deixou. Saul soltou a respiração e balançou a cabeça.

– Preciso ficar sozinho.

Quando o pai o deixou, Jônatas encontrou um lugar tranquilo e um lampião. Tirou o pergaminho do estojo e começou a ler. Alguém limpou a garganta suavemente. Ele se virou. Um servo surgiu da sombra.

– Sua mãe pede o prazer de sua companhia, meu príncipe.

Ele enrolou o pergaminho e o colocou de volta no estojo. A mãe sempre soube de cada palavra que se falava na casa.

Quando ele entrou nos aposentos da mãe, ela estava trabalhando no tear. Sem olhar para cima, ela disse:

– A palavra está com seu pai e seu avô. – Ela se virou para olhá-lo. – Quando chegar a hora, você ficará à direita de seu pai e o ajudará a comandar seu exército.

Distraído, Jônatas observava as irmãs.

A mãe as chamara. Merab veio rapidamente, mas Mical os ignorou.

– Tire sua irmã de lá. A lã ainda está para ser cardada. E já fede. – Ela olhou para ele, frustrada. – Tenho muito a lhe dizer.

Os irmãos de Jônatas, Malquisua e Abinadabe, brincavam de guerrear do lado de fora dos muros.

Jônatas sorriu.

– Gibeá está fervilhando de homens ansiosos para seguir o rei.

Um servo trouxe o irmão mais novo, Isbosete, para a mãe. O bebê chorava e chupava o punho do servo.

– Saul é o primeiro do nosso povo, Jônatas. – A mãe pegou o bebê. – E você é o segundo. Você deve ser tão sábio quanto uma serpente. Quis virá até você com seu conselho. Ouça-o e apegue-se ao que melhor servir a seu pai, porque também lhe servirá melhor. – Isbosete gritou pelo que queria.

– E que Deus nos dê paz.

Jônatas saiu, aliviado. O que quer que a mãe tivesse a lhe dizer teria de esperar.

\* \* \*

– Alguém está vindo! – gritou o vigia.

Jônatas correu para a porta da cidade, onde o avô e os tios governavam. Estranhos apareceram, tropeçando de exaustão, cobertos de poeira, os rostos pingando suor. Jônatas se enfiou na multidão para ouvir.

– Viemos de Jabes-Gileade... – A cidade situava-se a leste do rio Jordão, ao sul do mar da Galileia, no território pertencente à tribo de Manassés – para perguntar ao rei o que devemos fazer.

– Dê água aos nossos irmãos. – Quis acenou com a mão. – Rápido, para que eles possam nos dizer o que aconteceu!

Os guerreiros se reuniram, enquanto os mensageiros, ofegantes, agarravam copos de madeira e bebiam água.

– Naás – um deles conseguiu dizer antes de beber outro copo.

As pessoas sussurravam.

– O Cobra!

Todo mundo já tinha ouvido falar do rei amonita e temido invasor. Refrescado, o mensageiro dirigiu-se a Quis e aos outros líderes da cidade.

– Naás nos sitiou. Os anciãos imploraram por um tratado e prometeram ser seus servos, mas ele disse que só concordaria se arrancasse o olho direito de qualquer homem da cidade como uma vergonha para Israel inteiro!

Se Naás conseguisse o que queria, Jabes-Gileade ficaria indefesa nos próximos anos e seria uma porta aberta para o território das outras tribos de Israel.

Homens gemiam e rasgavam suas roupas.

– Deus nos abandonou!

As mulheres gritavam e choravam.

Jônatas viu que o pai voltava com os bois e correu ao seu encontro. Saul viu o choro da multidão.

– O que aconteceu? Por que todos estão chorando?

Então lhe contaram sobre a mensagem chegada de Jabes.

– O Cobra sitiou Jabes-Gileade.

# O príncipe

Quando Abner e Quis se aproximaram de Saul, um dos mensageiros já havia lhe contado tudo.

Saul abriu os braços e emitiu um som diferente de qualquer coisa que Jônatas já ouvira de qualquer homem antes.

Aterrorizado, ele se afastou do pai. A multidão ficou em silêncio. O rugido de Saul arrepiou os pelos da nuca de Jônatas.

Com o rosto vermelho de fogo, olhos em chamas, Saul tirou a canga dos bois. Caminhou até um homem que estava cortando madeira e pegou seu machado. Então o ergueu e, gritando, baixou-o sobre o primeiro boi. O animal caiu e estremeceu nos estertores da morte enquanto Saul se moveu para o segundo e o matou também. Ninguém se mexeu; ninguém emitiu um som enquanto o rei de Israel continuou brandindo o machado até esquartejar os bois.

Com a túnica encharcada de sangue, e o machado ainda na mão, Saul enfrentou a multidão. As crianças se esconderam atrás das mães. Os homens recuaram. Até Quis, que observava, estava pálido.

– Enviem mensageiros! – disse Saul, enterrando o machado na cabeça decepada do boi e apontando para as carcaças. – Isto é o que acontecerá com os bois de quem se recusar a seguir Saul e Samuel na batalha! Nós nos reuniremos em Bezeque!

Sorrindo, Abner virou-se e gritou onze nomes, ordenando-lhes que espalhassem a palavra.

– E digam-lhes que um rei governa Israel!

Jônatas ainda olhava para o pai, convencido de que ouvira a voz de Deus sair dele.

– Rei Saul! – ele gritou, erguendo os punhos no ar. – Rei Saul!

Todos os guerreiros ergueram as mãos e gritaram com ele.

* * *

Trezentos mil hebreus vieram a Bezeque, e mais trinta mil da tribo de Judá. Mesmo aqueles que tinham virado as costas a Saul e zombado dele agora esperavam ansiosamente seu comando! O profeta Samuel estava à direita de Saul; Jônatas, à sua esquerda.

Saul dirigiu-se a seus oficiais.

– Onde estão os mensageiros de Jabes-Gileade? – ele gritou.

Os homens avançaram, separando-se da multidão de guerreiros.

– Aqui, meu senhor!

– Voltem para a sua cidade e digam que nós os resgataremos amanhã ao meio-dia! Os anciãos devem dizer aos amonitas que a cidade vai se render, e Naás poderá fazer o que lhe parecer melhor. – Ele riu friamente. Os amonitas não sabiam que o rei de Israel tinha reunido um exército. – Eles retornarão ao acampamento e comemorarão. Será a última vez, pois, na última vigília da noite, atacaremos!

Os homens ergueram suas lanças e clavas e aplaudiram. Jônatas sorriu com orgulho. Agora ninguém duvidou de que seu pai fosse rei! Os inimigos de Israel veriam os escolhidos de Deus em batalha!

– Abner! – Saul acenou.

– Sim, meu senhor!

– Separe os homens em três divisões. Se uma divisão for destruída, haverá outras duas para continuar lutando. Se duas caírem, uma ficará.

Cada comandante saberia o caminho que deveria tomar.

Onde o pai obtivera tanto conhecimento e confiança? Só poderiam vir do Senhor Deus!

Samuel estendeu os braços diante dos guerreiros.

– Que o Deus de nossos pais o guie!

Jônatas ficou ao lado do pai enquanto, ao longo da noite, percorreram os quase trinta quilômetros de estrada, desceram as montanhas e cruzaram o rio Jordão. O medo apertou sua barriga, mas ele não deixou ninguém perceber. Quando o exército se aproximou do acampamento amonita, tudo estava quieto, e os guardas dormiam em seus postos.

– Agora! – Saul ordenou.

Jônatas e vários outros sopraram os chifres de carneiro. O grito de guerra de Israel chegou aos céus.

# O príncipe

Saul ergueu sua espada. Havia só duas em Israel. Jônatas puxou a outra e a ergueu. Gritando, milhares de homens correram para o acampamento amonita, onde reinava a confusão.

Quando três amonitas se preparavam para atacar Saul, a raiva incendiou o sangue de Jônatas. Ele cortou um e mais um. O pai matou o terceiro. A excitação inundou o sangue de Jônatas.

A força de Jônatas se manteve durante toda a manhã enquanto ele protegia o pai. Todo homem que ousou tentar alcançar o rei de Israel morreu. No momento em que o sol atingiu o zênite, Naás e seu exército jaziam abatidos no campo. Gritos dos moribundos foram silenciados. Os poucos sobreviventes se dispersaram diante do fogo flagelador do Senhor.

Empunhando a espada sangrenta no ar, Jônatas comemorou a vitória.

– Pelo Senhor e por Saul!

Outros se juntaram em seu louvor extático.

Mas a sede de sangue de amonitas se voltou contra aqueles que tinham zombado de Saul no dia em que Samuel o declarara rei. Os benjamitas gritaram:

– Onde estão agora os homens que disseram: "Por que Saul deveria nos governar?". Tragam-nos aqui, e nós os mataremos!

Homens que haviam lutado lado a lado contra os amonitas agora se voltavam uns contra os outros, aos gritos.

Jônatas lembrou-se da Lei que copiara.

– Pai! – Ele teve de gritar para ser ouvido. – Somos irmãos, filhos de Jacó!

Saul o puxou para fora da briga e gritou:

– Ninguém será executado hoje!

A multidão se aquietou. Saul olhou para Quis e os outros e levantou a voz para que todos o ouvissem.

– Pois hoje o Senhor resgatou Israel!

Samuel levantou seu cajado.

– Venham, vamos todos a Gilgal para renovar o reino.

– Para Gilgal! – gritaram os homens. – Para Gilgal!

O coração de Jônatas batia com um medo mais profundo do que sentira na batalha contra os amonitas. Aqueles homens, que se voltaram tão rapidamente uns contra os outros, poderiam voltar-se contra seu pai. Manteve-se perto de Saul.

A multidão de combatentes se moveu como um rebanho gigante pelas encostas. Durante anos, eles se agruparam em pequenos bolsões de descontentamento, balindo de medo e incerteza, ignorando a voz do Pastor e esperando que um dos seus liderasse o caminho. Agora, seguiam Saul.

Saul havia se posto à prova naquele dia, mas Jônatas sabia que o pai teria que continuar provando seu valor, ou aqueles homens se dispersariam mais uma vez.

O povo de Deus era como um rebanho de ovelhas, mas naquele dia Jônatas tinha visto a rapidez com que eles poderiam se transformar em lobos.

\* \* \*

Gilgal! Jônatas absorveu a vista, lembrando a história que havia copiado e agora usava pendurada ao pescoço. Ali os filhos de Israel haviam atravessado o rio Jordão e entrado na Terra Prometida. Fora nessa planície que eles primeiro acamparam e depois renovaram a aliança com Deus. Fora ali que o Anjo do Senhor aparecera para Josué e lhe dera o plano de batalha para tomar Jericó, a porta de entrada para Canaã.

Que melhor lugar para o pai ser reafirmado rei de Israel?! Depois de anos em que o povo tinha vivido com medo e fazendo o que julgava certo aos seus olhos, Deus havia lhe dado um rei para uni-los!

*Que possa instruir Saul e abençoar todo o Israel, ó Senhor!*

Samuel estava de pé no monumento de doze pedras que as tribos tinham trazido do rio Jordão para comemorar a travessia. Um mar de guerreiros ficou em silêncio quando o velho profeta, curvado no corpo, mas ainda rápido na mente e iluminado pelo Espírito do Senhor, falou.

– Fiz o que me pediram e lhes dei um rei. Seu rei agora é seu líder. Estou aqui diante de vocês, um velho de cabelos grisalhos, e meus filhos o servem.

# O PRÍNCIPE

*Desprezados por todos.*

– Aqui estou eu! – Samuel estendeu os braços. – Servi como seu líder desde menino. Agora vocês podem testemunhar contra mim na presença do Senhor e diante do seu ungido. Roubei o boi ou o jumento de alguém? Alguma vez enganei algum de vocês? Alguma vez os oprimi? Alguma vez recebi suborno e corrompi a justiça? Digam-me, e corrigirei o que quer que tenha feito errado.

Jônatas sentiu as lágrimas correr diante do sofrimento na voz de Samuel. Tudo porque seus filhos haviam envergonhado sua casa. *Senhor, que eu nunca envergonhe meu pai! Permita que minhas ações sejam honrosas.*

Ele deu um passo à frente, incapaz de suportar a dor que via no rosto de Samuel.

– Você não nos enganou, mestre.

Samuel olhou para Jônatas.

As pessoas se manifestavam aqui e ali.

– Não! Você nunca nos enganou ou oprimiu e você nunca recebeu um único suborno.

Lágrimas escorriam pelas faces of Samuel. Ele se virou para Saul.

– O Senhor e Saul, seu ungido, são hoje testemunhas de que minhas mãos estão limpas.

A emoção reprimida deixou sua voz rouca.

– Eu sou testemunha. – Saul inclinou a cabeça em sinal de respeito.

– Ele é testemunha! O rei é testemunha!

– Deus é testemunha! – gritou Jônatas.

A voz de Samuel se normalizou quando ele falou de Moisés, de Aarão e dos antepassados que saíram do Egito. Sua voz se encheu de tristeza quando confessou seu pecado ao servir a Baal e a Ashtoreth, dos cananeus, em vez do Senhor seu Deus, que havia realizado sinais e maravilhas e então os libertara do Egito. O povo havia se esquecido do Senhor! E o Senhor os entregou nas mãos de seus inimigos! Ao longo dos anos, quando eles se arrependeram, o Senhor enviou libertadores – Gideão e Baraque, Jefté e Sansão – para os resgatar das mãos dos malfeitores.

– Mas, quando estavam com medo de Naás, rei de Amon, vocês vieram até mim e disseram que queriam um rei, ainda que o Senhor seu Deus já fosse seu rei.

Jônatas baixou a cabeça. Alguma vez tinha pensado no que significou para Deus se afastar de seu povo para que homens pudessem governar a si mesmos? *Ele nos chamou de filhos, e nós o rejeitamos.* A garganta de Jônatas se fechou com força.

– Senhor! Nunca me permita esquecer que o Senhor é meu rei.

– Tudo bem, eis o rei escolhido. Vocês o pediram, e o Senhor lhes concedeu seu desejo!

Jônatas olhou para o pai. Saul manteve a cabeça erguida e olhou para as tribos de Israel. Não era mais o homem assustado que se escondera em meio à bagagem. Seu rosto era feroz, desafiador. A Lei parecia pesar contra o peito de Jônatas.

– Agora, se temerem e adorarem o Senhor e ouvirem sua voz, e se não se rebelarem contra os mandamentos do Senhor, vocês e seu rei mostrarão que reconhecem o Senhor como seu Deus. Mas, se vocês se rebelarem contra os mandamentos do Senhor e se recusarem a ouvi-lo, então a mão de Deus pesará sobre vocês quanto pesou sobre seus ancestrais!

Jônatas colocou a mão sobre o coração, sentindo a Lei encerrada ali. *Misericórdia, Senhor. Tenha piedade de nós!*

– Agora... – a voz de Samuel ficou mais profunda – fiquem aqui e vejam a grande coisa que o Senhor está prestes a fazer. Vocês sabem que não chove nesta época do ano, durante a colheita do trigo. Vou pedir ao Senhor que envie trovões e chuva hoje. Então vocês perceberão como foram perversos ao pedir um rei ao Senhor!

A multidão murmurou e se moveu nervosamente. Se Deus mandasse chuva agora, as colheitas seriam arruinadas. Jônatas estudou o céu. Nuvens estavam se formando; o céu já estava escurecendo.

Saul gemeu.

Jônatas sabia que todo o trabalho duro do pai de nada lhe valeria. Fechou os olhos. *Senhor, nós pecamos! Amo meu pai, mas todos fizemos uma coisa má ao pedir um rei. Perdoe-nos.*

## O PRÍNCIPE

O coração de Jônatas acelerou enquanto as nuvens giravam. Relâmpagos faiscaram, seguidos por um estrondo profundo. E então veio a chuva, esfriando o orgulho aquecido pela vitória.

Jônatas baixou a cabeça. *O Senhor é Deus! É o Deus de Aimaás. É meu Deus, e não há outro!*

– O trigo está pronto para a colheita. Os talos vão se molhar. Os grãos vão apodrecer – lamentou Saul.

Jônatas levantou a cabeça e sorriu para o pai.

– O Senhor proverá.

Samuel virou-se e olhou para Jônatas, e a tristeza lentamente sumiu de seus olhos.

Jônatas ergueu as mãos com as palmas para cima e sentiu as gotas de chuva como lanças afiadas e frias.

– Lave-nos, Senhor. Purifique-nos do pecado. O Senhor é rei!

– Samuel! Rogue ao Senhor seu Deus por nós, ou vamos morrer! – disseram alguns homens.

Jônatas orou.

– Sem você, não podemos fazer nada por seu povo. Comande-nos, Senhor. Seja como já foi. Saia da nossa frente e proteja nossa retaguarda.

O relâmpago faiscou novamente. Jônatas estremeceu e caiu de joelhos. Baixou o rosto até o chão, a chuva encharcando-o.

– Senhor, perdoe-nos.

– Não tenham medo! – Samuel gritou. – Vocês certamente fizeram algo errado, mas certifiquem-se agora de adorar o Senhor com todo o seu coração e não lhe virem as costas. Não voltem a adorar idolos indignos que não podem ajudá-los ou resgatá-los. Eles são totalmente inúteis! O Senhor não abandonará seu povo, porque isso desonraria seu nome. Porque agradou ao Senhor torná-lo seu povo.

Jônatas chorou. Encontrou o olhar de Samuel cheio de compaixão e ternura.

– Quanto a mim... – Samuel estendeu as mãos e olhou para Saul e depois para a multidão – certamente não vou pecar se terminar minhas orações por vocês. Vou continuar a ensinar-lhe o que é bom e certo. Mas cuidem de temer o Senhor e servi-lo fielmente. Pensem em todas as maravilhas que ele lhes fez!

Jônatas levantou-se e lembrou-se de tudo que havia copiado. Deus os livrou do Egito, deu-lhes terra para lavrar e plantar, filhos. *Você nos criou, Senhor. Você nos deu vida e respiração.*

A chuva suavizou, refrescante contra seu rosto.

Samuel olhou para o povo.

– Mas, se continuarem a pecar, vocês e seu rei serão varridos para longe.

*Sou filho de Saul, mas quero ser um homem do Senhor. Quero um coração como o de Samuel. Indivisível. Devotado ao Senhor meu Deus. Senhor, faça que isso aconteça.*

\* \* \*

Saul escolheu três mil de seus melhores guerreiros e enviou os demais para casa. Jônatas lhe perguntou por quê.

– Não vamos atacar os postos filisteus?

– Não temos nenhuma disputa com os filisteus.

*Nenhuma disputa?*

– Mas, pai, eles nos oprimem há anos.

– Temos duas espadas e nenhum ferreiro. Isso é motivo suficiente para não começar uma guerra contra eles.

Será que o pai havia esquecido tão rapidamente a lição de Jabes-Gileade?

– Deus é nossa força!

– Vencer uma batalha contra os amonitas não significa que podemos vencer uma guerra contra os filisteus.

– Mas o Senhor nos deu a vitória sobre Naás. Não precisamos voltar para casa com o rabo entre as pernas.

Abner agarrou o ombro de Jônatas. Era um sinal de aviso.

– Vamos discutir tudo isso enquanto viajamos para o sul. O exército acampou em Micmás. O rei não tinha planos de atacar o posto avançado filisteu em Geba, embora fosse perto o suficiente para ameaçar Gibeá. Jônatas assistiu às reuniões do conselho militar, mas não ouviu nada que pudesse resolver a ameaça ao reinado do pai se os guerreiros de Geba se movessem contra Gibeá.

Então ele falou novamente.

– Não é sábio ter inimigos tão perto de casa. Saul é rei de Israel, e Gibeá agora é o centro da nação. O que impedirá os filisteus de atacarem meu pai?

Saul olhou para Abner e depois para os outros, esperando uma resposta. Como eles ficaram calados, ele deu de ombros.

– Vou permanecer aqui em Micmás até vermos como os filisteus recebem a notícia da derrota de Naás.

O que havia acontecido com a ousadia do pai? Onde estava o feroz rei Saul, que havia despedaçado dois bois e conduzido Israel à batalha?

– E a mãe? E seus filhos e filhas? Gibeá...

Saul fez uma careta.

– Você pode ir lá e proteger a cidade. Feche os portões e guarde a cidade.

Jônatas corou.

– Não posso me esconder atrás das muralhas da cidade enquanto você está aqui. Meu lugar é a seu lado contra os inimigos de Deus.

– Você irá para Gibeá. Eu tenho Abner e três mil dos melhores guerreiros de Israel para me proteger. Vou ficar aqui em Micmás pelos próximos dias, como planejamos. Você vai para casa.

Ele não havia entendido?

Os amonitas têm medo de nós. E os filisteus também terão!

Quis bufou.

– O sangue jovem flui quente com a tolice.

Saul olhou para o pai e então para Jônatas.

– Samuel não está mais conosco.

– Deus está conosco – disse Jônatas.

– Deus estava comigo em Jabes-Gileade, mas não sinto Sua presença agora.

– Pai...

Os olhos de Saul ensombreceram.

– Os filisteus não são covardes como os amonitas.

Jônatas se aproximou e baixou a voz para que os outros não o ouvissem.

– Se os amonitas são covardes, pai, por que os tememos por tanto tempo?

A cabeça de Saul se ergueu, os olhos brilhando; mas Jônatas conhecia o medo que espreitava por trás do temperamento explosivo do rei.

Quis sorriu e deu um tapinha nas costas de Jônatas.

– Há um tempo para tudo, Jônatas.

*Senhor, faça-os ver!*

– Sim, mas a hora é agora. Naás está morto! Os amonitas estão dispersos. Os filisteus vão saber que o rei Saul reuniu o exército e massacrou os invasores. Eles nos temiam antes, meu rei; temerão novamente. Deus está do nosso lado! Estamos em vantagem!

Abner colocou a mão no ombro de Jônatas. Jônatas a repeliu.

Os olhos de Saul brilharam.

– Ninguém duvida da sua coragem, meu filho.

– Mas a coragem deve ser temperada com sabedoria – disse Quis, com os olhos chamejantes.

Jônatas olhou para o avô.

– Pensei que você queria guerra. – Ele olhou para os outros. – Não despreze o que digo.

– Há uma diferença entre os amonitas, que tentaram nos tomar a terra... – Saul passou a mão sobre o mapa – e os filisteus que a ocupam há anos. Eles têm fortalezas.

– É nossa terra, pai, a terra que Deus nos deu. É hora de os devolvermos ao mar de onde vieram!

Saul levantou as mãos.

– Usando o que contra eles? Eles têm armas de ferro. Temos duas espadas. Nossos guerreiros carregam machados arruinados, foices e lanças lascadas. Mesmo se tivéssemos um ferreiro, tenho *shekels* para mandar afiar armas para um exército? E, se o fizesse, os filisteus saberiam que estávamos nos preparando para a guerra, cairiam sobre nós e nos afogariam em nosso próprio sangue.

— Então esperamos? Nada fazemos absolutamente quando eles invadem nossas plantações?

— Que plantações? — Quis desmoronou. — Deus destruiu nosso trigo.

— Vamos esperar, meu filho. E planejar.

O medo ainda reinava em Israel!

Saul colocou o braço em volta de Jônatas e caminhou com ele até a entrada da tenda.

— Vá para Gibeá com os homens que lhe designei. Proteja a cidade.

Jônatas baixou a cabeça e saiu da tenda. Iria para Gibeá e faria exatamente o que o pai lhe ordenou.

E então destruiria Geba antes que os filisteus tivessem tempo de atacar e destruir seu pai!

\* \* \*

Furioso, Saul caminhou diante de Jônatas, que ainda estava exultante com a derrota de Geba.

— Que mensagem se transmite a todo o Israel quando meu próprio filho não me escuta?

— Eu protegi Gibeá.

— E destruiu Geba! Você trouxe desastre sobre todos nós! Você acha que matar algumas centenas de filisteus e incendiar um pequeno posto avançado é alguma conquista? Você puxou a cauda de um leão, e agora ele virá nos devorar. Quando a notícia se espalhar, teremos toda a Filístia sedenta do nosso sangue! Não estamos preparados para essa guerra!

Jônatas se encolheu interiormente quando a dúvida esmagou sua certeza de que Deus queria que ele atacasse o posto avançado. *Estava eu ouvindo meu orgulho?* Se obedecessem a Deus, o Senhor não lhes daria a vitória em toda parte? O Senhor não os ajudaria a livrar sua terra dos filisteus, assim como os ajudara a esmagar os amonitas em Jabes-Gileade?

– Samuel disse...

– Cale-se! Eu sou o rei. Deixe-me pensar... – Saul pôs as mãos na cabeça. – Não esperava uma rebelião de você!

Abner limpou a garganta.

– Meu senhor, que ordem devo dar aos homens?

Saul baixou as mãos e olhou para o espaço.

– Meu senhor?

Saul se virou, o maxilar cerrado.

– Envie mensageiros e diga-lhes que toquem as trombetas. Conte a todos que eu ataquei o posto avançado filisteu. – Ele olhou para Jônatas. – É melhor que o povo pense que agi com ousadia do que saibam que meu filho agiu precipitadamente e sem apoio do rei.

Humilhado, com a confiança destruída pela dúvida, Jônatas nada disse.

* * *

Jônatas ficou gelado quando ouviu que três mil carros filisteus tinham sido avistados. Cada um levava um condutor e um guerreiro habilidoso equipado com arco e flechas e várias lanças.

Saul empalideceu.

– Quantos soldados?

– Muitos, meu senhor. Tão numerosos quanto os grãos de areia à beira-mar, e já estão em Betel.

A pior notícia veio na manhã seguinte. Alguns dos guerreiros de Saul haviam desertado durante a noite. Aterrorizados com o poder da Filístia, outros se aglomeraram e sussurravam entre eles. Os homens de Israel foram para cavernas e matagais, esconderam-se entre rochas e em covas e cisternas secas.

Saul voltou a Gilgal e esperou por Samuel. Jônatas foi com ele, assim como um jovem escudeiro, Ebenezer, que Saul colocara a serviço de Jônatas. O que lhe faltava em tamanho, ele compensava com zelo.

## O PRÍNCIPE

Quis, Abner e os outros estavam cheios de conselhos para o rei, mas ele não deu ouvidos a ninguém.

Atormentado pela culpa, Jônatas passou horas em incessante oração, pedindo perdão ao Senhor e suplicando orientação. Embora muitos tenham comemorado a vitória em Geba, a maioria estava doente de medo e pronta para correr.

Abner, cada vez mais frustrado, confrontou o rei.

– Temos menos de dois mil guerreiros agora, meu senhor, e mais estão desertando todos os dias. Você deve tomar uma decisão.

Jônatas tinha medo de dar conselhos. Estava com medo de fazer afirmações sobre o que Deus faria. Ninguém podia questionar o poder de Deus, mas todos os homens vivos em Israel se perguntavam se ele o usaria em defesa deles. Pior, Jônatas percebia agora que sua pequena vitória poderia precipitar uma guerra total. Ele olhou para as tendas e imaginou como tão poucos poderiam resistir a tantos. Em vez de juntar o exército do pai, Jônatas apenas tinha conseguido trazer o medo deles à tona e enviar milhares para o esconderijo.

*Que triste espetáculo oferecemos! Senhor, por que é tão difícil para seu povo confiar em você quando você já provou seu poder e sua fidelidade vezes sem conta? É porque sabemos que continuamos a pecar? Como podemos erradicar o pecado em nós? Nossos antepassados não o escutaram, e agora nós também não. Apenas alguns dias atrás, você enviou relâmpagos, trovões e chuva, e todos esses homens pensaram nas plantações arruinadas e no que iriam comer quando o inverno chegasse! Você é Deus! Você segura nossas vidas nas palmas de suas mãos!*

O medo se espalhou como joio no trigo até que Jônatas sentiu as raízes dele afundando em seu coração. Alguns daqueles que tinham estado com ele em Geba haviam desertado. Cada manhã revelava mais espaços vazios no melhor acampamento de Saul.

O rei foi ficando cada vez mais frustrado.

– Todo o exército vai se dispersar antes que aquele velho chegue aqui!

Jônatas estremeceu. *Aquele velho?* Samuel era profeta de Deus, a voz de Deus ao povo.

– Ele virá.

– Onde ele está? Por que ele demora? Ele disse que chegaria em sete dias.

– Não se passaram sete dias ainda, pai.

– Em breve, todo o meu exército terá se dissipado.

Abner fez o que pôde para reunir os guerreiros restantes, mas a confiança no rei estava em seu ponto mais baixo, e a advertência do profeta estava fresca em suas mentes. O rei tinha lhes trazido problemas. A vitória sobre os amonitas estava esquecida. Tudo em que os homens conseguiam pensar era que a tempestade de guerra se aproximava, nos três mil carros e na multidão de soldados de infantaria se preparando para destruí-los.

Jônatas sentiu que tinha que fazer algo para compensar o pai por ter provocado tudo aquilo. *Mas o quê? O quê, Senhor?* Não houve resposta.

Jônatas despertou Ebenezer antes do amanhecer do sétimo dia.

– Se meu pai sentir minha falta, diga-lhe que saí para esperar Samuel.

Jônatas foi para a borda do acampamento reduzido. Amontoados ao pé de fogueiras, os homens baixaram a cabeça quando ele olhou em sua direção. Ele não queria pensar no que eles podiam estar discutindo.

*Por minha causa, Senhor, eles perderam a esperança em seu rei.*

O sol nasceu. Não havia sinal de Samuel. Jônatas estava preocupado. Suas ações em Geba também teriam causado problemas ao profeta? E se os filisteus o tivessem levado cativo? Ou, pior, se tivessem matado o homem de Deus? Ele começou a suar frio diante de tais pensamentos.

*Senhor, precisamos dele. Ele nos transmite a Tua Palavra. Por favor, proteja-o e traga-o para nós. Oh, Deus, ajude-nos. Diga o que devemos fazer! Julguei estar movido pela fé, mas talvez meu pai e seus conselheiros estejam certos, e eu tenha sido tolo. Se fui, perdoe-me, Senhor. Deixe o problema cair sobre minha cabeça, e não sobre a de meu pai. Nem sobre esses homens que tremem de medo. Não nos abandone por minha causa, Senhor.*

O escudeiro de Jônatas, Ebenezer, veio correndo.

– O rei... – ele respirou fundo –...o rei quer você com ele. Vai fazer o sacrifício.

– O quê?

Jônatas correu o mais rápido que pôde, Ebenezer logo atrás dele. Quando chegou à tenda do pai, gelou ao ver o rei vestindo um éfode sacerdotal. Não! Seus pulmões ardiam. Seu coração batia com tanta força que pensou que ia engasgar. Ele agarrou a Lei que usava em volta do pescoço.

– Você não pode fazer isso, pai. A lei diz que só um sacerdote...

– Não há nenhum sacerdote!

Aterrorizado, Jônatas foi até o pai.

– Ainda não é meio-dia, senhor. Samuel virá.

O suor escorria na testa de Saul. Seu rosto estava pálido e tenso.

– Eu o chamei, e ele não veio. Não posso esperar mais.

– O Senhor não nos ajudará se você fizer isso.

– Meu exército! Meus homens estão me abandonando! O que quer que eu faça?

Ele olhou em volta para todos os conselheiros.

– O que seu coração disser para fazer, meu rei.

Todos pareciam concordar.

Jônatas olhou de Abner para Quis e para os outros e de volta para o pai.

– Samuel virá! – Ele se colocou à frente do pai. – Gideão tinha menos homens do que nós e derrotou os midianitas.

– Não sou Gideão!

– Você era um fazendeiro como ele. O Espírito do Senhor veio até você também. Você reuniu um exército de trezentos e trinta mil guerreiros e derrotou os amonitas!

– E onde estão todos os meus guerreiros agora? – Saul puxou a aba da tenda. – Foram-se!

– Você tem mais do que Gideão tinha. E Naás e os amonitas foram destruídos!

– Os filisteus são um flagelo pior do que os midianitas e amonitas. – Saul deixou a aba da tenda cair e gemeu, esfregando os olhos. – Nunca pedi para ser rei. Nunca pedi nada disso!

– Deus o escolheu, pai. – Jônatas falou o mais calmamente que pôde, embora o medo reinante se infiltrasse nele. – Confie no Senhor e no poder de sua força!

Abner deu um passo à frente.

– E o que isso significa? Em termos práticos e táticos, Jônatas?

– Deus poderia enviar relâmpagos sobre nossos inimigos – Quis concordou. – Por que não?

Saul virou-se abruptamente.

– Onde está a Arca? – Todos olharam para ele. – Se eu ao menos tivesse a Arca comigo. Os filisteus tiveram medo dela uma vez. Lembram?

Jônatas sentiu um nó crescendo no estômago. Será que o pai pretendia usar a Arca como um ídolo?

– Eles capturaram a Arca.

– Sim. E uma praga de ratos destruiu suas plantações. Os filisteus adoeceram com tumores. Depois, eles a enviaram de volta em uma carroça carregada de ouro. – Saul olhou para Abner. – Quanto tempo levaria para trazê-la aqui?

Um guerreiro entrou na tenda.

– Ainda não há sinal de Samuel, meu senhor.

Abner franziu a testa.

– Não há tempo. Você deve fazer algo agora antes que todos os homens desertem. Todos concordaram.

– Não. – Jônatas era uma voz solitária na tenda. Olhou para o rosto do pai. – Espere. Por favor. Dê mais tempo ao profeta.

Abner sacudiu a cabeça.

– Você sabe muito pouco sobre os homens, Jônatas. Se esperarmos muito mais, o acampamento estará vazio, e o rei ficará sozinho. Quanto tempo você acha que seu pai vai sobreviver apenas conosco dentro desta tenda para defendê-lo?

As palavras de Abner influenciaram Saul.

– Tragam-me as oferendas de sacrifício e as oferendas de paz. Não podemos pedir a Deus que nos ajude se não lhe oferecermos algo.

# O príncipe

O coração de Jônatas batia forte, e ele sentia a boca do estômago como uma bola dura e fria de medo. Ele tirou a Lei do pescoço.

– Não faça isso, pai. Por favor, escute. Posso lhe mostrar...

– Você ainda não entendeu? – gritou Saul. – Não posso esperar. – Seus olhos faiscaram. – Não vou esperar! Samuel prometeu que viria e não cumpriu sua palavra! – Saul saiu da tenda. – Reúnam algumas pedras. Construiremos o altar bem aqui. – Ele agarrou o braço de Jônatas. – Você vai ficar ali. E não diga mais nada! Os reis de outras nações fazem sacrifícios diante de seus exércitos. Por que eu não deveria? – Saul virou-se para Abner. – Chame os homens. Eles devem ver o que vou fazer. Diga-lhes que estou fazendo uma oferenda ao Senhor para que Ele nos ajude.

Jônatas virou-se para Ebenezer e falou baixinho:

– Monte guarda em um lugar de onde possa ver alguém se aproximando do acampamento. Quando vir Samuel, volte aqui rápido como o vento e avise de sua chegada. Depressa!

– Sim, meu senhor.

O escudeiro virou-se e correu para cumprir a ordem de Jônatas.

Enquanto observava o pai, o jovem príncipe se perguntou se Deus levaria em conta o temor de Saul. *Senhor, perdoe-o. Ele não sabe o que faz.*

Os homens reunidos pareciam satisfeitos com o que estava prestes a acontecer. Se o pai tivesse lido, copiado e estudado a Lei, saberia que não devia desafiar o Senhor daquela maneira! E aqueles que o seguiram saberiam que não deviam confiar sua vida aos planos dos homens.

O sol pairava acima do horizonte ocidental. Um bezerro aleijado foi trazido a Saul. Por que matar um animal saudável e sem defeito como a Lei ordenava? Parecia que, como o pai decidira desconsiderar uma parte da Lei, nenhuma de suas outras instruções importava também. Jônatas viu o rei Saul colocar as mãos na cabeça do animal, orar em voz alta pela ajuda de Deus e, em seguida, cortar o pescoço do bezerro. Jônatas fechou os olhos, enojado com a cerimônia. Logo ele sentiu o cheiro de fumaça, misturado com o fedor da desobediência.

Dispensados, os homens partiram para cumprir seus deveres. Saul olhou para Jônatas e sorriu, novamente confiante, e voltou para dentro da tenda a fim de conversar com seus conselheiros.

Jônatas sentou-se, com a cabeça apoiada nas mãos.

Ebenezer veio correndo. O rosto corado, sem fôlego, rouco, ele avisou:

– O profeta está vindo.

A vergonha dominou Jônatas. Como enfrentar Samuel? Saul saiu da tenda.

– Venha! Vamos encontrá-lo juntos! – Ele abriu os braços e sorriu calorosamente. – Bem-vindo, Samuel!

Os olhos de Samuel faiscaram. Seus dedos embranqueceram no cajado.

– Saul! O que é isso que você fez?

Surpreso, Saul franziu a testa. Olhou do profeta para os homens ao seu redor.

– Vi meus homens desertando e... – Seus olhos frios se estreitaram. – Você não voltou quando disse que o faria, e os filisteus estão em Micmás, prontos para a batalha. Então pensei: "Os filisteus estão prestes a marchar contra nós em Gilgal, e não pedi a ajuda do Senhor". E me senti compelido – ele abriu os braços, como a incluir seus conselheiros – a oferecer eu mesmo o sacrifício, antes de você chegar.

Jônatas olhou de um homem para outro. Não era o pecado do pai suficiente sem tentar jogar a culpa no profeta?

O olhar de Samuel abrangeu todos.

– Deixem-nos!

Jônatas queria fugir antes da ira que com certeza viria.

– Meu filho fica – ordenou Saul a Jônatas com um gesto.

Jônatas tomou seu lugar ao lado do pai. Não podia abandoná-lo agora: como poderia, se o ataque a Geba tinha provocado tudo aquilo?

Samuel olhou para Saul.

– Que tolice! Você não obedeceu à ordem que o Senhor seu Deus lhe deu. Se tivesse obedecido, o Senhor teria estabelecido seu reinado sobre

Israel para sempre. Mas agora seu reinado deve acabar, pois o Senhor procurou um homem segundo seu coração. O Senhor o designou líder do seu povo, mas você não obedeceu ao mandamento do Senhor.

Jônatas se encolheu.

Saul cerrou os dentes de raiva, mas, quando o profeta se virou, o rei deu um passo em direção a ele.

– Você me dá as costas, Samuel? Vira as costas ao rei de Israel? Para onde está indo?

– Estou indo para Gibeá. – Samuel parecia cansado e desanimado. – E o aconselho a fazer o mesmo.

Saul chutou o pó.

– Vá e diga a Abner para contar os homens que nos restam.

Lágrimas trespassaram os olhos de Jônatas enquanto ele observava o velho profeta ir embora.

– Devemos seguir Samuel, pai.

– Depois de descobrirmos quantos homens nos restam.

Jônatas queria gritar de dor. O que importava saber quantos homens tinham ficado com um rei rejeitado por Deus?

– Deixe-me falar com ele em seu nome.

– Vá, se você acha que pode fazer algum bem.

E Saul virou-se e afastou-se.

\* \* \*

Jônatas correu atrás de Samuel.

Samuel virou-se quando ele se aproximou e falou com aqueles que o acompanhavam. Eles se afastaram. Samuel se inclinou pesadamente em seu cajado, o rosto marcado por exaustão e tristeza.

Jônatas caiu de joelhos e tocou a cabeça no chão.

– Levante-se!

Jônatas ficou de pé, tremendo.

– Por que você correu atrás de mim? Pretende usar sua espada contra mim?

– Não! – Jônatas empalideceu. – Meu pai diz que você não faz mal a ninguém, nem eu! Por favor... Vim lhe pedir que me perdoe. A culpa é minha!

Samuel balançou a cabeça.

– Você não realizou o sacrifício.

Lágrimas enevoaram os olhos de Jônatas.

– Meu pai estava com medo. Por causa do que eu fiz em Geba, tudo isso...

Ele não podia ver a expressão de Samuel ou adivinhar o que o profeta estava pensando.

– Sou aquele que atacou Geba e despertou a ira dos filisteus sobre nós. Quando ouvimos falar das forças que vinham contra nós, os homens começaram a desertar. Meu pai...

– Cada homem toma suas decisões, Jônatas, e cada um arca com as consequências de seus atos.

– Mas também não somos vítimas das circunstâncias que nos cercam?

– Você bem sabe que sim.

– Não pode haver concessões para erros? Para o medo?

– Quem é o inimigo, Jônatas?

– Os filisteus. – Jônatas chorou. – Não quero que Deus seja nosso inimigo. O que posso fazer para consertar as coisas?

Samuel colocou a mão no ombro de Jônatas.

– Fazer o que manda isso que você usa contra o seu coração, meu filho.

Jônatas colocou a mão no peito.

– A Lei.

– Você a copiou com a própria mão porque pensou que seria rei um dia?

Jônatas piscou. Teria ele pensado isso? Samuel disse que o reino de Saul não duraria agora. Isso significava que Israel cairia? Isso significava que todo o povo sofreria nas mãos de seus inimigos?

– Você não diz nada.

Jônatas procurou os olhos do profeta.

– Quero dizer não. – Ele engoliu em seco. – Mas me conheço bem o suficiente para responder?

– Diga a verdade ao rei, não importa o que os outros digam. E ore por ele, meu filho. – Samuel o largou.

Jônatas ansiava por segurança.

– Você vai orar por meu pai?

Certamente as orações de um homem justo seriam ouvidas por Deus.

– Sim.

Jônatas agarrou-se à esperança.

– Então o Senhor nosso Deus não nos abandonará completamente.

– Deus não abandona os homens, meu filho. Os homens é que abandonam Deus.

Enquanto o velho profeta se dirigia para Gibeá, os seus companheiros juntaram-se a ele.

Jônatas ficou ali, observando por um longo tempo, orando pela segurança de Samuel e para que seu pai, o rei, se arrependesse.

\* \* \*

Samuel esperou em Gibeá enquanto os filisteus acampavam em Micmás. O rei Saul voltou a Gibeá e governou à sombra de uma tamargueira. Quando nenhum exército israelita saiu de encontro aos filisteus, eles enviaram invasores. Ofra foi atacada, depois Beth-Horon. Logo depois, eles saquearam a fronteira que dava para o vale de Zeboim, de frente para o deserto.

Samuel voltou para Ramá. Saul esperou um sinal de Deus ou uma palavra de encorajamento do profeta. Nada veio. A cada dia que passava, ele ficava mais mal-humorado. Seu exército de seiscentos homens entrou em desespero. Abner e os outros líderes aconselharam Saul, mas ele não os ouviu. Numerosos planos foram traçados e depois rejeitados. O rei parecia incapaz de agir. Pior, estava desconfiado.

– Envie alguém para vigiar Samuel. Se ele for a algum lugar, siga-o e reporte-se a mim!

– Samuel ora por você, pai.

– É o que você diz, mas posso confiar nele? Ele diz que Deus escolherá outro rei.

Chegaram relatos de que os filisteus estavam em movimento novamente. Jônatas ouviu toda a conversa e manteve os olhos abertos. A inatividade o consumia tanto quanto aos outros. Então era assim uma guerra? Longas semanas, às vezes meses, de espera? E depois o terror ou a alegria da batalha?

Os filisteus tinham um prazer cruel em saquear quando e onde quisessem, pois o rei Saul não enviara ninguém para detê-los. O pai de Jônatas não conseguia tirar da mente a profecia de Samuel.

Algo tinha que ser feito para despertar o rei e os homens de Israel, algo capaz de uni-los como quando o Senhor lhes dera Jabes-Gileade!

Jônatas orou. *Senhor, me ajude. Não quero cometer o mesmo erro que cometi em Geba!*

Se Jônatas fizesse alguma coisa, devia fazê-la sozinho, para que a culpa caísse apenas sobre sua cabeça, se ele falhasse.

Um destacamento filisteu estava acampado no desfiladeiro de Micmás. Jônatas conhecia bem a região dos penhascos escorregadios de Bozez e Sené, um de frente para o outro. Mas havia um lugar acima, apenas um sulco de terra, onde um homem poderia guardar posição e matar um bom número de filisteus.

Jônatas podia morrer. Que assim fosse. Melhor morrer em batalha com honra do que viver com medo dos idólatras. Ele se levantou, pendurou no ombro a aljava de flechas, pegou o arco e deixou a cidade.

Ebenezer agarrou o escudo de Jônatas, seu arco e suas flechas e correu atrás dele.

– Para onde vamos, meu senhor?

– Ver o que o Senhor fará.

O escudeiro ficou ao seu lado, mas Jônatas se perguntou se ele seria corajoso o suficiente para seguir todo o caminho.

Quando estavam longe de Gibeá, Jônatas confrontou Ebenezer.

– Vamos até o posto avançado daqueles pagãos. Talvez o Senhor nos ajude, pois nada pode impedir o Senhor. Ele é capaz de vencer uma batalha com muitos guerreiros ou apenas uns poucos!

Os olhos de Ebenezer brilharam. Ele sorriu largamente.

– Faça o que achar melhor. Estou com você completamente, seja o que decidir.

Jônatas riu. O que os filisteus fariam dos dois?

Quando chegaram ao penhasco diante do acampamento filisteu, Jônatas pesquisou a distância entre eles e o acampamento inimigo. *Senhor, envie-me um sinal de que vai entregar esses homens em nossas mãos!*

Sentindo uma onda de calor correndo pelas veias, um sinal de confiança, Jônatas apontou.

– Tudo certo, então. Vamos atravessar e deixar que eles nos vejam. Se eles nos disserem "Fiquem onde estão ou os mataremos", paramos e não os atacaremos. Mas, se disserem "Venham e lutem", vamos para cima deles. Esse será o sinal do Senhor de que ele nos ajudará a derrotá-los.

De qualquer forma, lutariam contra os inimigos de Deus. Um caminho traria a morte certa. O outro, a vitória.

Ebenezer assentiu.

– Podemos detê-los enquanto tivermos flechas, meu senhor. E depois você tem sua espada!

Jônatas agarrou o ombro do escudeiro. Ele estava tão disposto a morrer lutando quanto ele. Jônatas desceu primeiro, marcando o ritmo. Escorregou uma vez, mas se agarrou e recuperou o equilíbrio.

– Cuidado aí, meu amigo. Mova-se para a sua direita. É isso.

Quando ambos chegaram ao fundo, Jônatas saiu das sombras para o campo aberto. Plantou os pés no chão e levantou a cabeça. Ebenezer juntou-se a ele.

– Vejam! – gritou um homem lá de cima, rindo. – Os hebreus estão rastejando para fora da toca!

Outros filisteus se juntaram ao vigia. Alguns guerreiros espiaram por cima da borda do penhasco. Um deles cuspiu. Suas risadas ecoaram entre as paredes dos penhascos.

O coração de Jônatas batia forte para a batalha. *Senhor, por favor, entregue-os em nossas mãos! Faça-os saber que há um Deus em Israel!*

E veio o sinal.

– Subam aqui, e vamos lhes ensinar uma lição! – disseram os filisteus.

– Venham, subam logo atrás de mim, e o Senhor nos ajudará a derrotá-los! – disse Jônatas, correndo para o penhasco e começando a subir, com Ebenezer logo atrás.

Agarrando as raízes grossas dos espinheiros, Jônatas encontrou pontos de apoio e escalou como um lagarto na parede de uma fortaleza, seguido por seu jovem escudeiro.

Ainda rindo, os guerreiros filisteus se afastaram da borda do penhasco. Jônatas podia ouvi-los. Quando chegou ao topo, caminhou para a frente, tomou sua posição e sorriu com a surpresa no rosto dos filisteus.

– Dois garotos!

Um dos filisteus desembainhou a espada.

– Ambos prestes a morrer!

Ebenezer colocou-se perto de Jônatas.

Um dos filisteus deu uma gargalhada.

Em um movimento flexível, Jônatas tirou o arco do ombro, sacou uma flecha, armou-a e atirou-a direto no alvo. O risonho filisteu recuou, com uma flecha entre os olhos. Atordoados, os outros olharam para Jônatas e então soltaram um rugido de batalha, puxaram as espadas e foram na direção de Jônatas e Ebenezer, que atiravam uma flecha após outra, derrubando os filisteus – vinte ao todo.

Os gritos despertaram os outros. Mais gritos vieram de trás.

Com a última flecha lançada, Jônatas puxou a espada e soltou seu grito de guerra.

– Pelo Senhor!

O chão tremeu quando os guerreiros filisteus entraram em pânico e correram. Jônatas entrou na luta e atacou um oficial. Ebenezer agarrou uma lança e atirou-a em um filisteu que fugia. Mais gritos cortaram o ar.

– O toque do shofar! – Ebenezer gritou. – O rei está chegando!

Jônatas gritou em exultação. Israel estava em movimento! Os filisteus fugiram, aterrorizados. Jônatas avistou alguns hebreus entre os filisteus. Se eram homens que tinham subido para lutar com o inimigo ou foram feitos cativos, não importava agora.

– Lutar por Israel ou morrer! – Jônatas gritou, e os homens se uniram como um só e lutaram por Jônatas.

– A Arca! – gritou Ebenezer.

Jônatas olhou para trás e viu a Arca. *Não!* Com um rugido, ele se virou, enfurecido só de imaginar o inimigo pondo as mãos nela novamente. Correu para o acampamento filisteu, espada em punho. *Ninguém nunca vai tirar a Arca de nós!* E cortou para a esquerda. *Ninguém vai abri-la e profaná-la!* E cortou para a direita. *Ninguém tirará a Lei de nós! Ninguém vai abrir o jarro e derramar o maná!* E cortou o braço e a cabeça de um guerreiro. *Ninguém quebrará o cajado de Aarão que brotou folhas, flores e amêndoas em um dia!*

Jônatas gritou de raiva enquanto lutava.

– *Deus nosso rei! Deus todo-poderoso! Senhor!*

E os filisteus fugiram, aterrorizados.

Hebreus chegaram de todas as direções. O exército do rei de seiscentos inchou e avançou para o norte de Gibeá. Homens de Efraim avançaram do sul.

A confusão reinou entre os filisteus. Alguns fugiram para Aijalom, outros para Ofra, tentando chegar a Betel, sua fortaleza, a casa da maldade.

Pegando uma lança, Jônatas seguiu os filisteus, encorajando os outros israelitas que haviam se juntado a ele. Eles cansavam e desmaiavam e não eram capazes de acompanhá-lo. Quando entrou na floresta, ele avistou abelhas que pululavam sobre um buraco no chão. *Mel!* Mergulhou a ponta do cajado no buraco e trouxe uma porção de favos de mel. *Deus provê!* Comeu e sentiu sua força aumentar.

Os homens pararam e o observaram, mas não fizeram nenhum movimento para pegar um pouco do mel.

– Comam! – Jônatas olhou para eles, perplexo. – Qual o problema com vocês? – Mergulhou o cajado novamente e o estendeu para eles. – O mel vai fortalecê-los!

– Não podemos!

– Seu pai nos impôs um juramento. Quem comer hoje será amaldiçoado. Por isso estamos todos cansados e desfalecidos.

Jônatas sentiu frio e depois se aqueceu.

– Meu pai tem criado problemas para todos nós! – Teria que morrer por comer mel? – Uma ordem como essa só nos prejudica. Vejam como estou refeito agora que comi esta porção de mel. É uma dádiva do Senhor!

– Se comermos, o rei nos matará.

Ele não insistiu mais. O pai o desculparia, mas não desculparia os outros.

– Se os homens tivessem sido autorizados a comer livremente do alimento que encontraram entre nossos inimigos, pensem quantos filisteus mais poderíamos ter matado!

Todos os filisteus estariam mortos antes do fim do dia.

Jônatas se virou e continuou a perseguição. Aqueles que podiam o seguiram.

\* \* \*

De Micmás a Aijalom, os filisteus foram derrotados. Muitos escaparam porque os homens de Saul estavam muito exaustos por falta de comida. Quando os hebreus encontraram ovelhas, bois e bezerros, caíram sobre eles, matando-os no campo e cortando pedaços de carne, que comeram vorazmente com a boca pingando sangue.

O sacerdote gritou:

– Parem o que estão fazendo! Vocês estão infringindo a Lei.

Os homens não o ouviram.

Saul construiu um altar e ordenou aos homens que trouxessem os animais.

# O PRÍNCIPE

– Matem-nos aqui e drenem o sangue antes de comê-los. Não pequem contra o Senhor comendo carne com sangue.

– Não pequem contra o Senhor – disse o sacerdote, ecoando o comando do rei. – Não devem comer carne com sangue!

Enojado, Jônatas se virou. Era tarde demais para desfazer o que os homens tinham feito.

A ansiedade se espalhou pelo acampamento. Os homens que tinham seguido Jônatas vieram até ele.

– Não diremos nada do que você fez na floresta.

Jônatas estava preocupado com o medo deles. Será que realmente achavam que o rei mataria o próprio filho? Ele faria isso?

Saul o chamou.

– Então você me desobedece de novo?

O estômago de Jônatas deu um nó frio de medo. Ele sentiu o suor lhe escorrer pela nuca. Alguém teria contado ao rei sobre o mel? Os conselheiros do rei olharam para Jônatas, de cara fechada, vigilantes.

– Você partiu para a guerra sem minha permissão!

Jônatas levantou a cabeça.

– Deus nos deu a vitória.

– Você podia ter sido morto! O que achou que estava fazendo ao sair contra os filisteus com apenas seu escudeiro? Onde ele está? – Saul olhou em volta. – Por que não está a seu lado?

– Está dormindo. – Jônatas mostrou os dentes em um sorriso forçado. – Foi um longo dia, pai.

Saul riu e bateu nas costas de Jônatas.

– Meu filho! Um guerreiro! – E olhou para os homens. – Ele sobe um penhasco, mata muitos filisteus, todos mais bem equipados e mais habilidosos do que ele, e então põe todo o exército filisteu em fuga! – Seus olhos brilharam quando ele olhou para o filho. – Você traz honra a seu pai, o rei.

Jônatas viu algo sombrio no elogio do pai.

– O pânico que se abateu sobre os filisteus veio do Senhor, meu rei. Foi o Senhor que resgatou Israel naquele dia.

– Sim! – Saul bateu nele novamente. – O Senhor. – Ele sorriu para os outros. – Mas nós os mantivemos fugindo, não foi? – Ele foi até uma mesa e desenrolou um mapa. – Vamos perseguir os filisteus toda a noite e saqueá-los até o nascer do sol. Vamos destruir até o último. Pense na riqueza que isso vai me trazer!

Jônatas achou aquilo insensato.

– Os homens estão exaustos. E, agora que comeram, vão dormir como se estivessem drogados.

Saul olhou para ele.

– Os homens vão fazer o que eu mandar.

*E morrer por isso!* Jônatas segurou a língua, esperando que os conselheiros tivessem mais bom senso.

Em vez disso, todos concordaram com o rei. Disseram exatamente o que Saul queria ouvir.

– Faremos o que você achar melhor. Iremos atrás deles e seremos os mais ricos.

Jônatas olhou para Aías.

– Não deveríamos consultar o Senhor?

O sacerdote deu um passo nervoso para a frente.

– Seu filho mostra grande sabedoria, meu senhor. Vamos consultar Deus primeiro.

Quando os outros concordaram, Saul deu de ombros.

– Devemos ir atrás dos filisteus? Você vai nos ajudar a derrotá-los?

Aías colocou as mãos sobre Urim e Tumim e esperou a resposta de Deus.

Saul ficou em silêncio.

Os homens esperaram.

O Senhor não respondeu.

\* \* \*

A noite parecia mais escura para Jônatas. Mesmo quando amanheceu, ele não sentiu nenhuma elevação espiritual. O sol nasceu e se moveu lentamente pelo céu, e com ele as palavras dos soldados na floresta: "Seu pai nos impôs um juramento. Quem comer hoje será amaldiçoado".

Jônatas baixou o rosto até o chão. *Senhor, não fiz tal juramento. Não sabia nada sobre isso! Ainda estou preso a ele? Você se recusa a falar com o rei porque eu pequei? Não permita que seja assim. Não me deixe novamente ser o único a trazer desastre ao povo!*

Quando se levantou e se sentou sobre os calcanhares, sabia o que deveria fazer.

Abner o interceptou.

– O que você acha que vai fazer?

– Preciso falar com meu pai, o rei.

– E confessar sobre o mel?

– Você sabe...

– Sim! Eu sei. Sei tudo o que acontece entre meus homens. Tenho de saber! – Ele puxou Jônatas de lado. – Ninguém disse coisa alguma ao rei. Nem vai dizer.

– Criei problemas para ele novamente.

– Ele fez um voto apressado, Jônatas. Esse voto deveria custar ao povo seu príncipe?

Jônatas tentou afastar-se dele, mas Abner bloqueou-lhe o caminho. Seus olhos faiscavam.

– Você acha que o Senhor desejaria a morte de seu herói?

Jônatas ficou irritado.

– O Senhor não precisa de um herói!

Abner agarrou o braço de Jônatas, segurando-o.

– Que glória receberia o Senhor com sua morte?

Quando Jônatas se virou, viu que o pai o observava da entrada da tenda. Com um olhar furioso, Saul saiu e gritou suas ordens.

– Algo está errado! – Ele olhou para Abner. – Quero todos os comandantes do meu exército aqui.

Os homens se reuniram rapidamente e se postaram diante dele. Saul olhou para cada um.

– Devemos descobrir que pecado foi cometido hoje.

Jônatas estava com medo. Nunca tinha visto tal expressão no rosto do pai. Os olhos do rei ardiam de suspeita. *Meu pai agora me vê como seu inimigo?* Ele se sentiu enjoado.

— Jônatas e eu ficaremos aqui, e todos vocês, ali.

Jônatas tomou seu lugar ao lado do rei. Será que o pai o mataria?

— Queremos um rei como os das nações vizinhas!

O coração de Jônatas começou a bater forte. Tinha ouvido histórias sobre as nações vizinhas, que haviam executado seus próprios filhos para manter o poder. Alguns até tinham sido sacrificados nos muros da cidade para agradar a seus deuses. O suor brotou em seu rosto. *Meu pai vai me matar, Senhor? Não meu pai.*

— Juro pelo nome do Senhor que resgatou Israel que o pecador morrerá, mesmo que seja meu próprio filho Jônatas!

Jônatas recebeu sua resposta, mas não pôde acreditar nela. *Não. Ele não pode ter mudado tanto.* Olhou para Abner e depois para os outros. Todos os homens olhavam diretamente para a frente. Ninguém disse uma palavra.

Frustrado, Saul convocou todo o exército.

— Alguém vai me dizer!

Quando os homens se reuniram, o rei orou em voz alta.

— Ó Senhor, Deus de Israel, por favor, mostre-nos quem é culpado e quem é inocente.

Jônatas olhou para o pai. Não sabia o que fazer. Se confessasse agora, o pai violaria seu voto ou iria mantê-lo? De qualquer forma, Jônatas havia colocado o pai em uma posição insustentável mais uma vez. O medo o fez estremecer, pois nada de bom poderia vir a partir daquele dia!

O sacerdote lançou a sorte. Os homens e suas unidades revelaram-se inocentes.

Jônatas sentiu a tensão do pai crescer a cada momento que passava. A umidade cobria a testa do rei. Jônatas podia sentir o cheiro do suor fétido do medo. *Ele sabe! Teme que seja eu! Não sabe o que fazer! Não quer me matar. Ele me ama. Não pode matar o próprio filho.*

Saul estendeu a mão trêmula.

– Agora jogue a sorte novamente e escolha entre mim e Jônatas.

Aías fez isso. E olhou para cima, aliviado.

– Foi Jônatas, meu Senhor.

Quando o pai se virou, Jônatas ficou chocado ao ver alívio em seus olhos, mesmo quando eles se encheram de lágrimas de fúria.

– Diga-me o que você fez!

– Provei um pouco de mel – Jônatas admitiu. – Foi só um pouco na ponta de meu cajado. Isso merece a morte?

– Sim, Jônatas – disse Saul –, você deve morrer! Que Deus me atinja e até me mate se você não morrer por isso.

Saul puxou sua espada.

Jônatas ficou boquiaberto, chocado demais para se mover.

– Não! – Os olhos dos oficiais moveram-se rapidamente entre o rei e o príncipe. – Jônatas conquistou grande vitória para Israel. Deveria morrer? Longe disso!

Homens gritavam de todos os lados.

Abner falou mais alto que os demais.

– Tão certo quanto o Senhor vive, nem um fio de cabelo de sua cabeça será tocado, pois Deus o ajudou a praticar uma grande ação hoje. Você não pode fazer isso, Saul!

Jônatas se encolheu. E viu a ira do pai evaporar. Ele olhou para um lado e para o outro. Finalmente, Saul deslizou a espada de volta em sua bainha.

– Minha mão não se levantará contra meu próprio filho.

Ele colocou a mão sobre o ombro de Jônatas e dispensou o exército.

Enquanto se afastavam, Saul tirou a mão e entrou na tenda. Jônatas o seguiu. Queria implorar seu perdão. Abner e os conselheiros o cercaram. Saul os encarou.

– Deus destruiu as plantações de trigo, mas outras logo estarão prontas para a colheita, e um exército precisa de provisões. – Ele não olhou para Jônatas. – Não perseguiremos os filisteus. Vamos nos retirar para nossa própria terra. Digam a suas unidades para desmontar o acampamento. Partiremos dentro de uma hora.

– Pai...

– Agora não. Conversaremos mais tarde, a caminho de casa.

Quando o exército estava em movimento, Jônatas caminhou ao lado do pai.

– Perdoe-me.

– Está perdoado. – O tom de Saul era monótono. Ele olhou para a frente. – Samuel está contra mim. E ter meu próprio filho também como inimigo?

O coração de Jônatas afundou, e as lágrimas brotaram.

– Se soubesse do seu voto, nunca teria comido o mel.

Saul olhou para ele e voltou a olhar para a frente.

– Jônatas, ou você está comigo ou está contra mim. O que decide?

Nunca as palavras doeram tanto.

– Ninguém é mais fiel a você do que eu.

– Pode lhe parecer assim, mas, se continuar a agir pela própria cabeça como fez em Geba e agora em Micmás, vai dividir a nação. É isso que você quer? Para remover a coroa de minha cabeça e pedir a Samuel que a coloque na sua?

– Não! – Jônatas parou e se virou para o pai. – Não!

– Continue caminhando!

Jônatas apressou o passo e se colocou ao lado dele. O pai voltou a falar, sem olhar para ele.

– Todos se levantaram contra mim para protegê-lo.

Jônatas não podia negar. Os homens eram facilmente influenciados por um ato de coragem, mas fora Deus – não ele – quem lhes dera a vitória.

– Eu apenas quis reanimar os homens.

– E eu?

Suas ações haviam trazido vergonha para o pai? O que poderia dizer para fazer as pazes se assim fosse?

– Samuel disse que Deus já escolhera outro como rei.

Saul olhou para o filho e franziu a testa.

– E você?

Arrasado, Jônatas falou com a voz embargada de emoção.

## O príncipe

— Não, pai! Você é rei de Israel. Minha mão nunca vai se levantar contra você!

Os olhos de Saul se livraram da suspeita. Ele colocou a mão no ombro de Jônatas e o apertou.

— Devemos proteger um ao outro, meu filho. Gostemos ou não, nossa vida está em perigo. Não apenas nossa vida, mas a de seus irmãos também. Se qualquer um tirar a coroa de nós, Malquisua, Abinadabe, Isbosete e suas irmãs serão mortos para que minha linhagem desapareça. Entende? É a maneira como os reis destroem os inimigos, atingindo até mesmo as crianças que podem crescer e se voltar contra eles.

Ele apertou o ombro de Jônatas novamente e o soltou.

— Não confie em ninguém, Jônatas. Temos inimigos em volta de nós. Inimigos em toda parte.

Era verdade que Israel estava ameaçado por todos os lados. Os filisteus estavam ao longo da costa, Moab ao leste, Amon ao norte, e os reis de Zobá ao sul. Parecia que o mundo inteiro queria destruir o povo de Deus! E a maneira mais rápida de dispersar um exército era matar o rei.

Mas Saul parecia pensar que havia inimigos também entre seu próprio povo.

— Vamos unir as tribos, pai. Vamos ensiná-los a confiar no Senhor nosso Deus.

Saul estava olhando para a frente.

— Você estará à minha direita. Ele continuou caminhando. — Vamos construir uma dinastia.

Jônatas olhou para ele. Samuel havia dito...

Saul fechou o punho.

— Vou manter meu poder. — Seu braço tremia quando ele falava consigo mesmo em uma voz baixa e dura. — Manterei meu poder. — Deixou sua mão cair e ergueu o queixo. — Eu o manterei!

# TRÊS

Samuel veio ver o rei com uma ordem do Senhor: sair e destruir os amalequitas, que tinham atacado e assassinado os indefesos retardatários israelitas que queriam sair do Egito.

– Eis uma oportunidade de glória! – disse Saul, dando um tapa nas costas de Jônatas. – Deus certamente nos abençoará!

E eles alcançaram a vitória. Mas Jônatas estava preocupado e advertiu o pai a não demorar a obedecer a todas as instruções dadas por Samuel.

– Ele disse para destruir tudo!

– O rei Agag é o troféu de seu pai. – Abner levantou a taça ao rei Saul. – Ele é mais útil para nós vivo do que morto. Quando Israel o humilhar, ele saberá que o único homem que precisa temer é o rei Saul!

Jônatas olhou de um para o outro.

– Matem todos os amalequitas – Samuel disse –, e os animais, também.

Saul deu um tapinha no ombro de Jônatas.

– Comemore, Jônatas. Pare de se preocupar tanto.

– A Lei diz para amarmos o Senhor nosso Deus de todo o coração…

– …mente, alma e força. Sim, eu também conheço a Lei.

Conhecia? Ele nunca havia copiado a Lei de próprio punho nem a escutado por muito tempo quando Jônatas a leu para ele.

– Você não completou...

– Foi o suficiente! – Saul baixou sua taça com força. Os homens o observaram. Saul acenou, magnânimo. – Comam! Bebam! Alegrem-se! – Inclinou-se para Jônatas e sussurrou com uma voz rouca. – Leve sua tristeza para outro lugar. – Quando Jônatas começou a se levantar, Saul agarrou seu braço. – Olhe ao seu redor, Jônatas. – O vinho espirrou de sua taça quando ele abriu o braço. – Veja como os homens estão felizes. Devemos mantê-los felizes!

Jônatas viu o medo nos olhos do pai, mas sabia que ele estava deslocado.

– É ao Senhor que devemos agradar, pai. Ao Senhor.

Saul o soltou e o dispensou.

Jônatas saiu e sentou-se olhando para as colinas.

O que Samuel diria quando chegasse?

Ele cobriu a cabeça, envergonhado.

\* \* \*

O rei Saul liderou o exército para Carmel, levando consigo as melhores ovelhas e cabras dos amalequitas, além de bovinos, bezerros gordos e cordeiros. Ali, ordenou a construção de um monumento em sua homenagem. Continuando as celebrações, exibiu o rei cativo Agag para a vista de todos enquanto conduzia o exército de volta a Gilgal.

Samuel foi encontrá-lo lá.

– Que o Senhor o abençoe! – disse Saul, abrindo bem os braços. – Cumpri a ordem do Senhor.

– Então o que é todo esse o balido das ovelhas e cabras e o mugido do gado que ouço?

Jônatas se encolheu diante da raiva feroz na voz de Samuel.

– Venham! Vocês precisam de um refresco – disse Saul aos oficiais, e dirigiu-se à sua tenda, seguido pelos demais.

Samuel entrou na tenda do rei. Saul serviu vinho, mas Samuel não aceitou. Perturbado, ele explicou.

– É verdade que o exército poupou as melhores ovelhas, cabras e bois. – Olhou para Jônatas. Com os olhos piscando, virou-se para Samuel e acrescentou rapidamente: – Mas vão sacrificá-los ao Senhor seu Deus. Destruímos tudo o mais.

– Pare! – Samuel gritou, baixando a cabeça e levantando as mãos para tapar os ouvidos.

O rei Saul deu um passo atrás. Tinha o rosto pálido.

– Deixe-nos.

Jônatas saiu de boa vontade, com o medo apertando-lhe o estômago, mas ficou atento à entrada dos aposentos do rei. Dali, podia ouvir cada palavra.

Samuel falou.

– Ouça o que o Senhor me disse na noite passada!

– O que ele lhe disse?

– Embora não tenha um bom julgamento de si mesmo, você não é o líder das tribos de Israel? O Senhor o ungiu rei de Israel. E o enviou em uma missão e lhe disse: "Vá e destrua completamente os pecadores amalequitas, até que todos estejam mortos". Por que não obedeceu ao Senhor? Por que fez a escolha de cometer a pilhagem e fez o que era errado aos olhos do Senhor?

O coração de Jônatas batia mais rápido com cada palavra que o profeta dizia.

– Mas eu obedeci ao Senhor!

*Não discuta, pai. Confesse!*

– Cumpri a missão que o Senhor me deu.

*Não minta, pai!*

– Trouxe de volta o rei Agag, mas destruí todos os outros. Então minhas tropas trouxeram os melhores bodes, ovelhas, bois e despojos para sacrificar ao Senhor seu Deus em Gilgal.

O calor da vergonha encheu o rosto de Jônatas enquanto ele ouvia as mentiras e desculpas do pai.

Samuel levantou a voz.

– O que é mais agradável para o Senhor: os sacrifícios e oferendas ou a obediência à sua voz? Ouvir! A obediência é melhor do que o sacrifício, e a submissão é melhor do que oferecer gordura de carneiros. A rebelião é tão pecaminosa quanto a feitiçaria, e a teimosia, tão má quanto a adoração de ídolos. Então, porque você rejeitou a ordem do Senhor, ele o rejeitou como rei.

Saul gritou de medo:

– Tudo bem! Admito. Sim, tenho pecado. Tenho desobedecido às suas instruções e às ordens do Senhor porque estava com medo do povo e fiz o que ele exigiu. Mas agora, por favor, perdoe meu pecado e volte comigo para que eu adore o Senhor.

Jônatas segurou a cabeça e andou de um lado para o outro, suando frio. Não era Deus que o pai temia, mas os homens. *Senhor, tenha piedade. Senhor, tenha piedade.*

– Não vou voltar com você! – A voz de Samuel se aproximou da abertura da tenda. Ele estava a caminho da saída. – Desde que você rejeitou a ordem do Senhor, Ele rejeitou você como rei de Israel.

Jônatas ouviu o som de uma luta e de tecido rasgado, e seu coração parou. Abriu a cortina e viu o pai de joelhos, agarrando-se ao manto do profeta, o rosto pálido, os olhos selvagens de medo.

Samuel olhou para ele com angústia.

– Hoje o Senhor arrancou-lhe o reino de Israel e o deu a outra pessoa, alguém melhor que você. – Ele levantou a cabeça e fechou os olhos. – E Ele, que é a glória de Israel, não mentirá nem mudará de ideia, pois não é humano para mudar de ideia!

– Sei que pequei – gemeu Saul. – Mas, por favor, pelo menos me honre diante dos anciãos do meu povo e de Israel voltando comigo para que eu adore o Senhor seu Deus.

Com o coração apertado, Jônatas tirou a mão da cortina. O pai tinha mais medo dos homens que esperavam do lado de fora do que do Senhor Deus, que tinha a vida dos homens na palma de sua mão poderosa.

Samuel saiu com Saul. Se alguém notou seu manto rasgado, nada disse. Saul fingiu que tudo estava bem. Falou, sorriu, movendo o olhar de um líder para outro.

Jônatas estava tenso. Ele esperou. *Deus não muda de ideia.*

– Tragam o rei Agag – disse Samuel.

Todos olharam para Saul.

– Vão! – disse o rei. – Façam o que ele ordena.

Alguns momentos depois, Jônatas viu o rei amalequita andando na frente dos guardas, de cabeça erguida. Com certeza, pensava que toda a amargura da morte tinha ficado para trás e que estava seguro aos cuidados de Saul. Acenou para Saul e então levantou a cabeça ao olhar para Samuel. Estava esperando uma apresentação?

Samuel arrancou a espada de Saul.

– Como sua espada matou os filhos de muitas mães, agora sua mãe ficará sem seu filho.

Ele ergueu a espada bem alto e a baixou antes que o amalequita pudesse se mover.

O corpo sem vida de Agag tombou no chão. Seu crânio estava partido.

Todos falavam ao mesmo tempo. Saul pegou a espada e a sacudiu no ar. Gritou a seus oficiais que dispensassem suas divisões. Poderiam ir para casa. Os amalequitas não eram mais uma ameaça.

Ele chamou Abner.

– Estamos indo para casa em Gibeá.

Jônatas seguiu Samuel. Caminharam juntos em silêncio por um longo tempo, e, então, Samuel parou e olhou para ele.

– O Senhor se entristece por ter feito Saul rei de Israel.

Então, ficou em silêncio e ereto. Jônatas sentiu a rejeição tão agudamente como se fosse responsável por todos os pecados do pai. Lágrimas corriam-lhe pela face.

Samuel deu um passo à frente e agarrou o braço de Jônatas.

– O Senhor é sua salvação. Bendito seja o nome do Senhor.

– Assim seja – disse Jônatas, com a voz estrangulada.

## O PRÍNCIPE

O aperto de Samuel afrouxou.

– Estou indo para casa em Ramá.

Ele se afastou, curvado de tristeza.

Embora não soubesse disso então, foi a última vez que Jônatas viu seu amado mentor.

\* \* \*

Depois desse dia, Jônatas viu que o pai estava mudado. No primeiro de seus estranhos acessos de raiva, Saul segurava a cabeça e vociferava.

– Não vou ouvir! Não vou! – Agarrando uma taça, jogou-a contra a parede. – Por que deveria ouvi-lo? – E derrubou uma mesa.

Alguns homens, que observavam da porta, recuaram quando o rei se virou na direção deles. Jônatas, que vigiava fora dos aposentos do pai, mandou-os embora. Não queria que alguém visse o rei naquele estado. Israel inteiro estaria em tumulto – e presa fácil de inimigos – se se espalhasse a notícia de que Saul estava louco.

– Ele diz que vai acabar com minha dinastia! – Os olhos de Saul faiscavam selvagemente. Ele rasgou a túnica, resmungando. O suor escorria. A saliva borbulhava. – Por que deveria ouvi-lo se você me odeia? – Arrancou o turbante da cabeça. – Afaste-se de mim! Me deixe em paz! – Ele se virou. – Abner!

Abner agarrou o braço de Jônatas, os olhos arregalados de medo.

– Precisamos fazer algo por seu pai, ou tudo estará perdido.

– Não sei o que fazer. Falar com ele não funciona.

– Abner!

– Fale com sua mãe – Abner sussurrou. Havia urgência em sua voz. – Às vezes uma mulher sabe acalmar o temperamento de um homem. – Ele se virou e entrou na câmara do rei. – Sim, meu senhor?

– Você enviou alguém para vigiar Samuel?

– Sim, meu senhor.

– Quero que alguém fique de olho nele o tempo todo. Quero saber de todos os movimentos dele...

Jônatas foi ver a mãe. Ela estava em novos aposentos, longe dos do rei, que havia tomado uma concubina. Um servo o levou para a sala, onde a mãe trabalhava no tear. Ela ergueu a cabeça com um sorriso, que rapidamente desapareceu.

– Sente-se. Diga-me o que o incomoda.

Ele tentou encontrar palavras. Olhando para a faixa multicolorida que ela estava tecendo, ele forçou um sorriso.

Ela seguiu seu olhar e passou a mão sobre o trabalho.

– Um presente para seu pai.

– Ele vai usá-lo com orgulho.

– Ele o mandou aqui?

– Não.

Ela cruzou as mãos.

– Ouvi falar sobre as blasfêmias dele, embora você, Abner e os outros tentem manter isso em segredo.

Jônatas se levantou e foi até a janela gradeada. Não queria pensar no que poderia acontecer se a notícia se espalhasse. O pai estava em um estado vulnerável.

– Diga-me o que está acontecendo, Jônatas. Tenho ficado isolada aqui com minhas servas.

– Alguns homens dizem que o pai está possuído por um espírito maligno. – Ele achava mais provável que a culpa lhe atormentasse a mente. – Mas acho que é outra coisa.

– O quê?

– Às vezes, quando o ouço murmurar, eu me pergunto se Deus não está tentando falar com ele. Mas ele está endurecendo coração e mente contra Deus. Não sei o que fazer, mãe.

A mãe continuou sentada, de cabeça baixa. Então, levantou-se e foi se colocar ao lado dele na janela. Ela olhou para fora por um momento e então o encarou.

– Seu pai sempre adorou o som de uma harpa. Talvez, se você encontrar alguém que toque para ele quando sofre esses delírios, ele possa se acalmar.

# O príncipe

\* \* \*

Jônatas mencionou a sugestão da mãe aos servidores do pai, que por sua vez apresentaram a ideia ao rei.

– Tudo certo – disse Saul. – Encontrem alguém que toque bem e tragam-no aqui.

Um dos servos do rei enviado pela tribo de Judá falou alto.

– Um dos filhos de Jessé de Belém é um harpista talentoso. Além disso, em fama de bravo guerreiro, um homem de guerra, e tem bom senso. Também é um jovem bonito, e o Senhor está com ele.

Saul ordenou que ele fosse chamado.

O jovem chegou alguns dias depois, com um burro carregado de pão, um odre de vinho e um bode, presentes para que as provisões não custassem nada ao rei. Naquela noite, quando um espírito maligno baixou sobre o rei, o músico foi tirado da cama.

Aos primeiros sons da harpa, o rei se acalmou.

O jovem cantou, suave e lentamente.

"*O Senhor é meu pastor.*
*Nada me faltará.*
*Deixa-me descansar em verdes prados.*
*Guia-me por córregos serenos.*"

O rei sentou-se, pressionando os dedos contra a testa.

"*Renova minhas forças.*
*Guia-me por caminhos retos,*
*por honra ao Teu nome.*
*Mesmo quando caminho*
*pelo vale mais escuro,*
*Não terei medo,*
*porque Tu estás comigo.*"

Saul recostou-se nas almofadas enquanto o jovem cantava. Jônatas viu o pai relaxar e fechar os olhos. O jovem tinha uma voz clara e agradável, mas foram as palavras da canção que trouxeram paz aos aposentos do rei.

Um homem próximo sussurrou:

– O jovem canta louvores ao rei.

– Não – disse Jônatas, olhando para o jovem. – Ele canta louvores a Deus.

A música continuou, enchendo a câmara de palavras e sons livres e suaves, e homens violentos foram acalmados.

> *"Tua vara e teu cajado*
> *me protegem e me confortam.*
> *Preparas um banquete para mim*
> *na presença de meus inimigos.*
> *Unges minha cabeça com óleo,*
> *meu cálice transborda de bênçãos.*
> *Certamente tua bondade e misericórdia me seguirão*
> *todos os dias da minha vida,*
> *e habitarei na casa do Senhor para sempre."*

Enquanto as últimas palavras e acordes da harpa vibravam no silêncio, Jônatas suspirou. Oh, ter tanta confiança em Deus! Ansiava por sentir-se em paz com o Senhor. Sua alma desejava tal relacionamento.

O rei Saul acenou com a mão.

– Cante outra.

O jovem dedilhou a harpa e cantou.

> *"Os céus proclamam a glória de Deus.*
> *Os céus exibem Sua habilidade.*
> *Dia após dia continuam a falar;*
> *noite após noite o fazem conhecido..."*

– Olhem – alguém sussurrou. – O rei dorme.

## O príncipe

Havia semanas que Jônatas não via o pai tão relaxado. Seus músculos afrouxaram. Todos na câmara pareciam aliviados. Quando o jovem terminou a canção, o rei despertou ligeiramente.

– Cante outra – disse Abner ao jovem.

O jovem cantou a Lei dessa vez. A Lei é perfeita! O Senhor é confiável. A Lei é correta e verdadeira! A Lei traz advertência temerosa e grande recompensa! Siga-a e viva!

*Ouça, pai! Absorva-a enquanto dorme.*

> *"Que as palavras da minha boca*
> *e a meditação do meu coração*
> *sejam agradáveis a Ti,*
> *ó Senhor, minha rocha e meu redentor."*

O jovem baixou a cabeça, tocou os últimos acordes e depois sentou-se em silêncio.

*Senhor, eis alguém que compartilha meus pensamentos.*

Saul despertou lentamente.

– Estou satisfeito com o jovem. Mande dizer ao pai dele que quero que ele fique aqui a meu serviço. Ele pode ser um dos meus escudeiros.

– Sim, meu senhor. Cuidarei disso imediatamente.

O rei foi para seu quarto.

Jônatas chamou o servo judeu que estava levando o jovem para fora.

Dê a ele aposentos dentro do palácio, para que ele possa ser rapidamente chamado caso o rei precise dele.

O servo fez uma reverência.

– E dê-lhe roupas mais finas. Agora ele serve ao rei, não a um rebanho de ovelhas.

\* \* \*

Os filisteus reuniram forças em Socó, no território de Judá, e acamparam em Efes-Damim. E, mais uma vez, o rei Saul e Jônatas foram à guerra. As linhas de batalha foram traçadas: os filisteus em uma colina, e os israelitas na outra, separados pelo vale de Elá.

Onde uma vez Israel lutara corajosamente e derrotara os filisteus, eles agora estavam enraizados no medo. Duas vezes ao dia, uma vez pela manhã e outra no final da tarde, o rei filisteu enviava seu herói, Golias, um guerreiro que tinha quase três metros de altura. O homem era um gigante que usava um capacete de bronze, cota de malha e armadura de bronze na perna. Que homem poderia usar mais de quarenta e cinco quilos de equipamento de proteção e se mover com tanta facilidade?

O portador do escudo de Golias não era muito menor e abriu caminho quando Golias caminhava confiante para o centro do vale.

Dia após dia, Saul, Jônatas e todos os outros guerreiros estremeciam imaginando encontrá-lo. Tremiam ao som da voz profunda do gigante ecoando no vale em desafio. A coragem de Israel se abatia diante da arrogância dos filisteus. Os inimigos, alinhados na colina em frente, deliciavam-se com sua humilhação.

– Por que todos vocês estão saindo para lutar? – Golias rugiu. – Sou o herói filisteu, e vocês são apenas servos de Saul. Escolham um homem para lutar comigo! Se ele me matar, seremos seus escravos.

As tropas filisteias vaiavam e riam.

Golias golpeou o escudo com a espada.

– Mas, se eu o matar, vocês serão nossos escravos!

Os filisteus ergueram suas espadas e lanças e rugiram em aprovação.

– Onde está seu herói? – Eles clamavam. – Enviem seu herói!

Saul retirou-se para sua tenda.

– Por quanto tempo devo suportar isso? – ele gemeu, cobrindo os ouvidos. – Quem vai lutar por *mim*?

– Jônatas é nosso herói – disse um dos conselheiros, olhando para ele.

Jônatas gelou diante da ideia de enfrentar Golias. Não poderia lutar contra aquele gigante. O homem tinha uma vez e meia o seu tamanho!

– Não! – Saul se virou. – Não vou permitir que matem meu filho diante de meus olhos.

Abner deu um passo à frente.

– Ofereça uma recompensa a qualquer homem que se apresente como nosso herói.

Saul fez uma careta.

– Que recompensa atrairia um homem para a morte certa?

Todos os oficiais falaram ao mesmo tempo:

– Grande riqueza.

– Dê a ele uma de suas filhas em casamento.

– Isente a família dele de impostos. Tudo isso será dele se puder silenciar esse monstro!

Saul enxugou o suor do rosto.

– Não há um homem em nosso reino capaz de resistir a Golias de Gate!

– Sem falar nos outros.

– Que outros? – Os olhos de Saul dispararam de homem em homem.

– Safe, por exemplo. – Abner parecia desanimado.

– E Golias tem um irmão igualmente forte – disse outro.

– Existem pelo menos quatro guerreiros que dizem ser de Gate.

– Mesmo se encontrássemos um homem capaz de matar o herói filisteu, meu senhor, pode-se confiar que o rei dele se submeterá? Nunca!

– Ele enviará muitos outros.

– Agora conte-me.

Saul caiu em desespero.

Semanas se passaram, e todas as manhãs os exércitos se colocavam novamente em posição de batalha, um de frente para o outro de cada lado do vale.

Todos os dias, os israelitas gritavam seu grito de guerra. E a cada dia Golias aparecia, zombando de Israel e de seu Deus.

– Desafio os exércitos de Israel hoje! Enviem-me o homem que vai lutar comigo!

Ninguém apareceu para responder ao desafio.

Jônatas se perguntou quanto mais os homens suportariam antes de começarem a desertar, voltando a se esconder em cavernas e cisternas.

*Senhor, ajude-nos! Envie-nos o herói que possa limpar o suor do medo de nossa testa! Deus, não nos abandone agora!*

– O que está acontecendo lá embaixo? – Abner rosnou, quando uma agitação eclodiu a uma curta distância.

– Apenas alguns homens discutindo.

Jônatas ficou zangado.

– Os filisteus vão gostar disso! Cuide desses homens!

A última coisa de que precisavam era ver seus próprios homens lutando entre si. Eles que concentrassem sua ira contra o inimigo, e não contra os irmãos. Um mensageiro correu para um oficial. Minutos depois, o oficial voltou trazendo um jovem.

– Este jovem está causando problemas. Quer falar com o rei.

– Você é o harpista. – Jônatas franziu a testa. – O que está fazendo aqui?

– Sou, meu senhor.

– Venha comigo.

Saul se virou, agitado, quando os dois entraram em sua tenda. Jônatas tirou a mão do ombro do jovem. Libertado, o jovem deu um passo à frente com ousadia.

– Meu pai, Jessé, me enviou com provisões para meus irmãos mais velhos, Eliabe, Abinadabe e Simeia, que vieram lutar pelo rei.

– Deixe as provisões e vá para casa. – Saul acenou para ele ir embora. – Este não é lugar para você.

– Não se preocupe com esse filisteu. – O jovem deu mais um passo à frente. – Vou lutar com ele!

Os conselheiros militares ficaram olhando.

– Você?

Um deles sorriu.

– Tolice da juventude. O filisteu tem quase o dobro do seu tamanho.

Jônatas viu algo nos olhos do jovem pastor que lhe deu esperança.

– Deixe-o falar!

Os homens se calaram. Talvez se lembrassem de que Jônatas não era muito mais velho que aquele garoto quando escalou o penhasco para

## O PRÍNCIPE

Micmás e Deus o usou para derrotar todo o exército filisteu! O garoto olhou para Jônatas, e seus olhos brilhavam de reconhecimento e respeito.

Saul olhou para o garoto.

– Você acha que pode se tornar herói de Israel? – E balançou sua cabeça. – Não seja ridículo! Não há como você lutar contra esse filisteu e ganhar! Você é apenas um menino, e ele é um guerreiro desde jovem.

Corado de raiva, o garoto não voltaria atrás.

– Tenho cuidado das ovelhas e cabras do meu pai. Quando um leão ou um urso vem roubar um cordeiro do rebanho, vou atrás dele com uma clava e resgato o cordeiro de sua boca. – Ele estendeu a mão como se demonstrasse. – Se o animal se voltar contra mim, eu o pego pelo maxilar e o golpeio até a morte. – E bateu o punho contra a palma da mão.

Os conselheiros riram. Jônatas os silenciou com um olhar.

– Fiz isso com leões e ursos e vou fazê-lo também com esse filisteu pagão, pois ele desafiou os exércitos do Deus vivo!

O garoto tinha entendido o que o rei e os conselheiros não entenderam. O monstro não só zombara do rei e de seu exército, mas insultara o Senhor Deus do céu e da terra!

– O Senhor que me livrou das garras do leão e do urso me livrará desse filisteu!

Saul olhou para Jônatas, que assentiu. Certamente o Senhor estava com o garoto como estivera com o pai em Jabes-Gileade e com ele quando subira as falésias em Micmás. De que outra forma o garoto poderia ter tanto fogo e confiança?

– Tudo bem, vá em frente – disse Saul. – E que o Senhor esteja com você! Tragam minha armadura!

Saul vestiu o garoto com sua túnica e seu brasão. Colocou o capacete de bronze na cabeça dele. O garoto ficava menor a cada peça adicionada. Finalmente Saul lhe entregou sua espada.

– Vá. E o Senhor esteja com você.

Jônatas franziu a testa. O garoto mal conseguia andar com a armadura do rei. A espada batia desajeitadamente contra suas coxas. Quando ele tentou tirá-la da bainha, ela quase o derrubou.

Abner olhou, horrorizado.

– Vamos enviar uma criança para fazer um trabalho de homem?

Jônatas o encarou.

– Quer que o rei vá? Eu também sou muito covarde! E você, Abner? Está disposto a ir? – Ele olhou para os outros. – Algum de vocês é corajoso o suficiente para lutar contra Golias?

O garoto devolveu a espada ao rei Saul.

– Não posso ir com tudo isso. – Ele removeu o capacete, a armadura e a túnica. – Não estou acostumado.

Puxou uma funda do cinto e saiu.

Todos os homens falaram ao mesmo tempo.

Jônatas saiu e viu o garoto caminhar para o leito seco do riacho. Ele abaixou-se e pesou as pedras na mão. Escolheu uma pedra redonda e lisa e a colocou em sua bolsa de pastor.

– Qual é o seu nome?

O garoto se endireitou e inclinou a cabeça em sinal de respeito a Jônatas.

– Davi, meu senhor príncipe, filho de Jessé de Belém.

– Você sabe que Golias tem um irmão?

– Tem?

E Davi escolheu outra pedra.

– Dizem que há três outros gigantes de Gate entre as fileiras dos filisteus.

Davi pegou mais três pedras que guardou em sua bolsa de pastor.

– Há mais alguma coisa que eu precise saber?

Jônatas sentiu uma certeza que não sentia desde Micmás.

– Deus esteja com você!

Davi curvou-se e então caminhou em direção ao fundo do vale.

Jônatas correu de volta até a colina para ficar com o pai e assistir.

Saul se levantou, ombros caídos, desanimado.

– Enviei aquele garoto para a morte.

– Vamos observar e ver o que o Senhor fará.

Os guerreiros hebreus se moveram para se colocar em ordem de batalha, murmurando enquanto Davi descia para o vale apenas com sua funda, uma bolsa com cinco pedras lisas e seu cajado de pastor.

# O príncipe

Uma comoção começou na fila quando os parentes de Davi o viram descer a colina.

– O que ele está fazendo? Saia daí!

Os oficiais ordenaram silêncio.

Jônatas voltou a olhar para o vale e orou fervorosamente.

– Deus, esteja com ele como esteve comigo em Micmás. Que Israel inteiro veja o que o Senhor pode fazer!

Golias e seu escudeiro avançaram, gritando de raiva.

– Sou um cachorro, para que você venha até mim com uma vara? Que Dagon o amaldiçoe!

O filisteu cuspiu maldições, pedindo a todos os deuses da Filístia que as lançasse sobre o garoto e Israel inteiro, enquanto os guerreiros filisteus riam e batiam em seus escudos.

Jônatas cerrou o punho.

– Venha cá, rapaz! – Golias zombou. – Vou dar sua carne aos pássaros e animais selvagens!

– Chegamos a isso! – Abner gemeu.

Jônatas esperou e assistiu, orando quando Davi se postou diante do inimigo.

– Você vem a mim com espada, lança e dardo, mas vou a você em nome do Senhor dos exércitos celestes... o Deus dos exércitos de Israel, a quem você desafiou.

Golias caiu na gargalhada, e os guerreiros filisteus juntaram-se a ele.

Davi caminhou para a frente.

– Hoje o Senhor o vencerá, e vou matá-lo e cortar sua cabeça. E depois entregarei os cadáveres de seus homens aos pássaros e animais selvagens, e o mundo inteiro saberá que existe um Deus em Israel!

Davi colocou uma pedra em sua funda e correu em direção a Golias.

Jônatas deu um passo à frente. Teria ouvido o zumbido da funda do pastor? Ou fora sua própria pulsação que soara em seus ouvidos, seu coração batendo a cada passo? O garoto disparou, e a funda caiu da mão dele.

Golias cambaleou para trás, com a pedra cravada na testa. O sangue corria-lhe pelo rosto. Ele abriu as pernas, tentando manter o equilíbrio. E então tombou como uma árvore.

Atordoados, ambos os exércitos ficaram em silêncio. O portador da armadura de Golias fugiu de Davi, que ergueu a espada de Golias e, com um grito, derrubou-o. Agarrando a cabeça decepada de Golias pelos cabelos, Davi ergueu-a para que todos a vissem.

– Pelo Senhor!

Exultante, Jônatas desembainhou a espada e a ergueu em resposta.

– Pelo Senhor e por Israel!

Vencido o medo, o rei Saul e Jônatas lideraram o ataque, e mais uma vez os poderosos filisteus fugiram aterrorizados diante do exército do Senhor.

* * *

Vencida a batalha, Jônatas procurou por Davi.

– Onde ele está?

Saul balançou a cabeça.

– Não sei. Quando Abner o trouxe a mim, ele ainda empunhava na espada a cabeça de Golias! Mas se foi.

– O nome dele é Davi, pai. É o filho mais novo de Jessé de Belém.

– Eu sei. O mesmo garoto que esteve em minha casa durante meses dedilhando sua harpa e cantando. – Saul riu, um tanto inquieto. – Quem poderia imaginar que tivesse um coração tão feroz!

– Ele luta pelo Senhor e seu rei. – Jônatas riu com entusiasmo. – O mundo inteiro ouvirá o que ele fez hoje. Tenho que encontrá-lo.

Ele queria saber mais sobre aquele garoto que Deus tinha usado tão poderosamente.

– Abner está procurando alojamento para ele – disse Saul. – Vamos querê-lo por perto.

– Será um bom guarda-costas!

## O PRÍNCIPE

Jônatas levantou a espada no ar e saiu para encontrá-lo. Quando gritou ao ver Davi entre os homens de Judá, ele se virou. Jônatas abriu os braços e deu um grito exuberante de vitória.

Davi curvou-se.

– Meu senhor príncipe.

Jônatas agarrou-lhe o braço, sacudindo-o levemente.

– Eu sabia que o Senhor estava com você!

– Como esteve com você em Micmás, meu príncipe. Meus irmãos não falaram de mais nada durante meses!

– Venha. Caminhe comigo.

Davi deu um passo e colocou-se ao lado dele.

– Você será generosamente recompensado pelo que fez hoje.

– Não peço nada.

– Você terá homens sob seu comando.

Davi parou, arregalando os olhos.

– Mas não sei nada sobre comandar homens.

Jônatas riu e emaranhou os cabelos encaracolados de Davi.

– Vou lhe ensinar tudo o que sei.

– Mas sou apenas um pastor.

– Não mais. – Jônatas sorriu. – Você vai compor canções que nos levem à batalha.

– Mas foi o Senhor quem conquistou a vitória. O Senhor foi minha rocha. O Senhor me livrou das mãos de Golias!

Jônatas o encarou.

– Sim! E são essas palavras que converterão o coração dos homens a Deus.

Jônatas não seria mais uma voz solitária na corte do rei. Ali estava um garoto que pensava como ele.

– Eles viram. Eles vão ouvi-lo.

Davi balançou a cabeça.

– Que aqueles que testemunharam o que aconteceu hoje saibam que podem confiar no Senhor!

– Sei o que você sentiu quando foi lá. Senti o mesmo uma vez quando escalei os penhascos em Micmás. – Jônatas olhou para cima. – Eu daria tudo para sentir a presença do Senhor novamente.

– Eu sonhava em lutar pelo rei Saul, mas meus irmãos riam de mim.

– Não vão rir mais.

– Não, mas não tenho certeza se me seguiriam.

– Seguiriam o filho de um rei?

– É claro.

– Então vamos fazer de você um filho dele.

– O que você quer dizer?

Jônatas tirou seu peitoral e o jogou para Davi, que o apanhou contra o peito e cambaleou para trás. Então arrancou a túnica e a atirou para Davi.

– Vista-a.

Davi gaguejou.

– Faça o que eu digo.

Jônatas removeu sua espada e a prendeu na cintura de Davi. Por último, pegou seu arco e sua aljava de flechas e também os deu a ele.

– Agora somos irmãos.

Davi piscou.

– Mas o que posso lhe dar?

– Sua funda.

Desajeitado, Davi finalmente conseguiu arrancá-la do cinto. Ainda confuso, estendeu-a para Jônatas.

– Você me faz muita honra, meu príncipe.

– Eu?

De todas as pessoas que conheceu desde que o pai se tornara rei de Israel, nunca quis ter alguém como amigo. Queria que Davi fosse seu irmão.

– Você é o príncipe herdeiro, herdeiro do trono do rei Saul.

*Se meu pai tivesse um coração como o desse menino, que rei seria!*

Jônatas apertou a mão de Davi.

– A partir deste dia, você é meu irmão. Minha alma está unida à sua no amor. Juro diante do Senhor nosso Deus que minha mão nunca se levantará contra você.

Os olhos de Davi brilharam de lágrimas.

– Nem a minha contra você!

Jônatas virou Davi na direção do acampamento. Deu-lhe um tapa nas costas e um empurrão brincalhão.

– Venha. Temos planos a fazer! Devemos expulsar da terra os inimigos de Deus!

\* \* \*

– Promover um garoto acima de outros com o dobro de sua idade e habilidade? – Saul encarou Jônatas, incrédulo. – Está louco?

– Por que não? Não sou um comandante? Já vi isso, pai.

– Você é meu filho, príncipe de Israel! Ele nada mais é do que um menino pastor que teve um pouco de sorte com uma funda e uma pedra!

*Sorte?*

– Deus estava com ele ontem, pai.

Quando o pai franziu o cenho, Jônatas olhou para Abner e para os oficiais e conselheiros.

– Há algum homem aqui que defenderia Davi como nosso herói? Não podemos deixá-lo sem distinção. – Eles ficaram em silêncio. – Digam alguma coisa. Ou temem dar bons conselhos ao rei? – Jônatas se virou, desgostoso. – Podemos falar a sós, pai? Vamos caminhar pelo acampamento.

O rei saiu com ele. Os homens se curvavam enquanto eles caminhavam entre as tendas.

– Todos aqui falam como Davi entrou no vale da morte e matou o gigante! Honre-o, pai. Que as nações ouçam como um menino pastor hebreu é melhor que um exército de filisteus!

Saul falou sem virar a cabeça.

– O que você acha, Abner?

Abner estava sempre perto do rei, guardando-o.

– Os homens ficarão satisfeitos, meu senhor.

Saul olhou para Jônatas.

– Você não apenas admira sua coragem, não é? Você gosta dele.

– Assim como você, pai. O Senhor usou Davi para lhe dar a vitória na batalha. Mantenha-o ao seu lado, e teremos uma vitória atrás da outra.

Saul baixou os olhos e enrijeceu.

– Onde está sua espada?

– Eu a dei a Davi.

– Você fez *o quê*?

– Dei-lhe também minha túnica, meu arco e meu cinto.

– O que mais deu a esse novato? Seu anel de selo?

O rosto de Jônatas ficou quente.

– Claro que não! – E mostrou o anel para provar. – Eu o adotei como irmão. Fiz dele seu filho.

– Sem me consultar? O que pensou que estava fazendo ao lhe dar tal honra?!

– Quem melhor para honrar, pai? – Jônatas gelou diante do olhar do pai. – Você é o ungido do Senhor. Davi lutou pela glória daquele a quem você serve.

Os olhos de Saul faiscaram. Ele abriu a boca e cerrou os dentes, decidido a não dizer o que tinha em mente. Respirando com dificuldade, desviou o olhar, olhando para milhares de tendas.

– Ele não lutou por mim.

– Davi é seu servo.

– E é melhor mantê-lo como tal. – Um músculo se contraiu na mandíbula de Saul. Ele soltou a respiração lentamente. – Mas talvez você tenha razão. Ele provou ser útil. Vamos ver o que mais pode fazer. – Estava mais irritado. – Ouça como todos celebram a vitória! Lembra como eles gritavam meu nome em Jabes-Gileade?

– E em Gilgal – Abner o lembrou.
– Que nunca se esqueçam disso.
Saul se virou e foi embora.

\* \* \*

Jônatas olhou por cima do ombro enquanto corria. Ele riu.
– Vamos, irmãozinho! Você é mais rápido do que isso!
Esforçando-se, Davi ganhou um pouco de velocidade. Os pés de Jônatas voavam. Ele saltou sobre vários arbustos e alcançou seu objetivo bem antes de Davi.
Ofegante, Davi caiu de joelhos.
– Você voa como uma águia!
Jônatas curvou-se para a frente, puxando o ar. Ele sorriu.
– Você quase me derrotou.
Davi deitou-se no chão de braços abertos.
– Suas pernas são mais longas que as minhas.
– Um coelho pode correr mais que uma raposa.
– Se for astuto. Eu não sou.
Com os pulmões queimando, Jônatas se apoiou em uma pedra.
– Desculpa sua. Suas pernas vão crescer. Sua força vai aumentar.
Davi riu.
– Eu scria mais rápido se minha vida dependesse disso.
Jônatas andou ao redor, as mãos nos quadris, esperando o coração desacelerar e o corpo esfriar.
– Você foi muito mais rápido desta vez. Um dia vai me acompanhar e talvez me ultrapassar.
Sentando-se, Davi pendurou as mãos entre os joelhos.
– Você me venceu. Você é um especialista com arco e flecha. Pode arremessar uma lança duas vezes mais longe do que eu.
Alguém gritou de longe. Abner.

Jônatas estendeu a mão para Davi e o ajudou a se levantar. Abraçou o irmão pelo pescoço e esfregou seus cabelos encaracolados.

— Tudo a seu tempo, meu irmão. Tudo a seu tempo.

\* \* \*

As mulheres correram ao encontro dos guerreiros que retornavam. Cantaram e dançaram ao redor deles, batendo pandeiros e dedilhando alaúdes. Encheram o ar com canções de louvor.

— Veja como elas o amam!

Jônatas riu do olhar de Davi enquanto uma garota dançava, sorrindo para ele.

— Você está corando!

— Nunca vi garotas como essas! — Davi as observou girar em torno dele. — São lindas!

— Sim. Elas são.

Jônatas admirou várias enquanto se dirigia para os portões da cidade.

Homens, mulheres e crianças saudaram Saul, que os conduzia em direção à entrada de Gibeá. A família do rei aglomerou-se ao redor dele. Jônatas avistou a mãe e agarrou Davi pelo braço.

— Meu pai prometeu uma de suas filhas ao homem que matasse Golias. Você precisa conhecer minhas irmãs. Recomendo Merab. É pouco mais velha que você, mas muito mais sábia do que Mical.

Davi cravou os calcanhares.

— Não, Jônatas! Não sou digno!

— Melhor você do que um velho guerreiro com outras esposas e um harém de concubinas!

Ele chamou a mãe. Ela virou-se, sorrindo, esticando-se para encontrá-lo. Jônatas abriu caminho no meio da multidão, recebendo cumprimentos e tapinhas de boas-vindas. Quando ele finalmente a alcançou, apresentou Davi, "o matador de gigantes".

— Você deve ser elogiado — disse ela.

Mical olhou para Davi com olhos de lua e corou.

Davi se sentiu inquieto.

— O que fiz contra Golias não foi nada comparado ao que o príncipe fez em Micmás.

— Meu filho é um homem muito corajoso— disse a mãe de Jônatas, sorrindo.

— O mais corajoso! É uma honra servir ao rei Saul e a nosso príncipe.

— Você é de Judá, não é?

— Foi sua recomendação que trouxe Davi até nós, mãe.

— O jovem que canta e toca harpa.

Ela piscou, e seu rosto ficou pálido. Davi curvou-se em respeito.

— Será um prazer cantar para o rei quando ele quiser. Sou seu servo.

— O pai fez de Davi um oficial. E ganhou outras recompensas também. — Ele olhou para Merab. — Deveria ser apresentado à sua futura esposa.

Davi se encolheu de vergonha.

A mãe de Jônatas se recusou a encará-lo.

— A Lei não determina que os homens devem tomar esposas de sua própria tribo?

Mortificado, Jônatas a encarou. Será que a mãe pretendia censurar a ele e ao rei, bem como insultar Davi?

— Eu... eu nunca me consideraria digno de me casar com uma das filhas do rei — Davi gaguejou.

Alguns familiares de Davi o chamavam, tentando alcançá-lo.

— Posso ir, meu Senhor?

— Sim.

Davi correu.

Jônatas olhou para a mãe.

— Você quis insultá-lo?

— Apenas disse a verdade, Jônatas.

— A verdade é que o pai fez um juramento. E quem melhor para Merab do que o herói de Israel, mãe?

– Para onde está indo?

– Encontrar Davi e trazê-lo de volta. Ele estará à mesa do rei nesta noite, com todos os altos oficiais.

\* \* \*

Os guerreiros se dispersaram e reuniram-se com suas famílias. Saul recebeu parentes, oficiais e conselheiros para uma festa de celebração. Todos comeram o suficiente e falaram da batalha. Davi sentou-se diante de Jônatas, de frente para o rei. À medida que a noite avançava, Saul recostou-se na parede e pegou uma lança. Seu polegar roçou o cabo.

– Davi, pode cantar para nós? Uma canção de libertação.

Uma harpa foi passada de mão em mão até chegar a Davi. Ele se inclinou sobre ela e tocou suavemente. Os homens pararam de falar para ouvir. O rei fechou os olhos e recostou-se.

Um criado atravessou a sala enquanto Davi cantava e se inclinou para sussurrar para Jônatas.

– Sua mãe, a rainha, pede o prazer de sua companhia.

Surpreso, Jônatas se levantou. A mãe nunca o interrompera.

– Pai, pode me dar licença?

– Vá – disse Saul sem abrir os olhos.

Davi continuou tocando.

O servo conduziu Jônatas pelo palácio até um grande aposento onde a mãe estava tecendo. Sorrindo, ela se levantou e foi até ele.

– Sobre seu amigo, o jovem pastor.

– Davi, mãe. O nome dele é Davi. É um nome que você deve lembrar. Fiz um voto de amizade com ele. Ele é meu irmão, e devo-lhe o mesmo respeito que ele me tem. – Como ela não disse nada, ele se sentiu impelido a continuar. – Nossa amizade solidificará os laços entre as tribos de Judá e de Benjamim.

– As tribos estão ligadas em amizade desde o tempo de José, meu filho. Judá, quarto filho de Jacó, ofereceu-se para tomar o lugar de Benjamim como escravo no Egito. Também conheço a nossa história, Jônatas. Surgiu uma rivalidade entre as tribos. Quando o povo exigiu um rei, os judeus foram rápidos em nos lembrar que Jacó profetizou que o cetro nunca se afastaria de suas mãos.

– Saul é rei de Israel.

– E Judá se curva de má vontade.

– Eles estiveram com Saul em Jabes-Gileade. Comemoraram sua coroação em Gilgal. Estiveram conosco em Micmás e...

Quando ela ergueu as mãos, ele parou. Honrar pai e mãe, dizia a Lei.

– Você está muito confiante, Jônatas.

Ele nunca seria capaz de explicar a ela como sua alma estava ligada a Davi. Como poderia se não se entendia plenamente? Então, usou a razão para tentar convencê-la.

– Que melhor maneira de acabar com a rivalidade do que o rei dar uma de suas filhas em casamento ao filho de seu oponente?

– A Lei diz...

Jônatas suspirou pesadamente.

– Eu sei, mãe. Ninguém lembra meu pai da Lei com mais frequência do que eu. Mas muito mais importante é o fato de que ele fez um voto público. Um rei só é bom quando cumpre suas promessas.

Balançando a cabeça, ela caminhou até a janela e olhou para o céu noturno.

– Seu pai não gostou das canções que o povo cantou quando ele entrava pelos portões hoje.

– O povo cantou louvores ao seu rei.

Ela olhou para ele.

– E louvou mais seu amigo. "Saul matou milhares, e Davi, uns dez milhares!" Você devia ter visto o rosto de seu pai.

– Eu não percebi.

– Não, você não percebeu. Mas precisa perceber, Jônatas. Precisa vigiar de perto. – Ela olhou pela janela novamente e falou baixinho: – Temo que uma tempestade esteja se formando.

\* \* \*

Jônatas reconhecia a verdade das palavras da mãe quando voltou para a reunião e encontrou tudo em desordem.

– Onde está Davi?

– Partiu – Abner parecia abalado.

Os conselheiros se aglomeraram perto de Saul, falando em voz baixa.

– Ele me oprime! – gritou Saul. – Um menino, isso é tudo o que ele é! Por que o povo lhe dá tanta importância?

– O que aconteceu?

– Seu pai perdeu a paciência e jogou longe uma lança. Isso foi tudo. Se quisesse matar Davi, ele o teria feito.

– Ele atirou uma lança em Davi? Por quê?

– Você sabe como são as coisas.

Jônatas encontrou Davi sentado junto a uma fogueira entre seus parentes. Quando Jônatas entrou no círculo de luz, olhos hostis fixaram-se nele, mas Davi se levantou rapidamente.

– Meu príncipe!

– Fiquei sabendo do que aconteceu.

Davi o afastou dos outros.

– Seu pai tentou me matar. Duas vezes atirou uma lança em mim. – Davi deu um riso nervoso. – Achei prudente partir antes que o rei me prendesse na parede.

– Você já o viu quando o espírito maligno o domina. Foi por isso que você foi convocado ao palácio.

– Minhas canções não o acalmaram nesta noite.

– Às vezes meu pai diz e faz coisas que nunca faz quando... – Quando o quê? Quando está em seu juízo perfeito? Quando não está atormentado pela culpa e pelo medo? Jônatas não poderia dizer essas coisas a Davi. – Ele bebeu muito vinho nesta noite. – Sorriu ironicamente. – Talvez ele tenha pensado que você era um filisteu.

Foi uma brincadeira de mau gosto.

Subiram a escada até o topo da muralha e debruçaram-se no parapeito, olhando para o território. Jônatas balançou a cabeça.

– Meu pai é um grande homem, Davi. – Ele sentiu o estojo de couro que continha a Lei bater contra seu peito. – Mas gostaria que ele me ouvisse.

– Meu pai também não me ouve. Nem meus tios e irmãos. – Davi apoiou o queixo nos braços cruzados. – Embora agora eu os supere.

– Todo homem em Israel deve aprender a Lei. Se eles conhecessem o Senhor a quem servem, não teriam tanto medo das nações vizinhas. Deixariam de tentar viver segundo os costumes de nossos inimigos.

Será que algum deles percebeu que as Escrituras dizem que Deus os detestaria se fizessem isso? Será que lembravam que Deus os havia advertido de que a própria terra os vomitaria?

– Talvez um dia. – Davi suspirou. – Meu pai disse que a Lei é muito grande para aprender e rouba muito tempo do cuidado das ovelhas.

Jônatas lembrou-se de como o pai preferia continuar arando os campos a cavar nas Escrituras.

– Muitas vezes sonhei em ir a Naiot. – Davi sorriu enquanto olhava o céu noturno. – Aqueles que frequentam a escola dos profetas são os mais afortunados dos homens. O que pode ser mais emocionante e maravilhoso do que passar a vida lendo e estudando a Lei?

Jônatas olhou para ele. Tinha sentido a ligação entre eles no vale de Elá. E desde então ela ficava mais forte a cada dia. Era como se o próprio Senhor tivesse unido seus corações.

– Eu copiei a Lei na escola em Naiot.

Davi se endireitou, com os olhos arregalados.

– Você tem uma cópia da Lei?

Jônatas sorriu e assentiu lentamente. Podia ver o brilho de excitação nos olhos de Davi. Tinha sentido o mesmo: uma fome de conhecer o Senhor, um apetite insaciável de comer e beber a palavra de Deus como sustento de sua vida.

– Inteira? – perguntou Davi, maravilhado.

– Cada palavra. – Jônatas puxou o estojo de couro sob a túnica. – Tenho parte dela aqui. Samuel supervisionou meu trabalho para garantir que tudo estivesse exato.

Os olhos de Davi brilharam.

– Oh, que tesouro você guarda!

Jônatas se afastou da parede. Sorrindo, descansou a mão no ombro de Davi.

– O que diz de encontrarmos uma lâmpada e pegarmos os pergaminhos?

Eles leram a Lei até ficarem tão cansados a ponto de não enxergar as palavras. Exaustos, Davi foi juntar-se aos familiares, e Jônatas voltou ao palácio. Assim que se esticou na cama, fechou os olhos.

Finalmente, tinha encontrado alguém que amava o Senhor como Samuel, um amigo mais próximo que um irmão.

Jônatas sorriu. Exausto, logo dormiu. Feliz.

\* \* \*

Os filisteus voltaram a atacar, e Saul enviou Davi para a batalha. Jônatas ouviu relatos do sucesso de Davi e ficou feliz. Ele também lutou e expulsou os filisteus das terras da tribo. Ao voltar a Gibeá, jantou com o pai.

– Ouvi dizer que Davi teve mais uma vitória.

Saul respondeu quase sem abrir a boca.

– Sim.

– Os arranjos para o casamento foram feitos?

Saul estava comendo uvas, e os músculos de sua mandíbula se contraíam com força quando cerrava os dentes.

– Estou pensando nisso.

Jônatas perdeu o apetite.

– Você jurou que quem matasse Golias deveria ter riqueza...

– Ele está ficando rico com a pilhagem.

– Isenções de impostos para a família dele...

– Jessé me mandou algumas ovelhas. Por que deveria recusar?

– E sua filha em casamento.

– Ofereci a ele Merab, e ele recusou.

– Ele se sentiu indigno.

# O PRÍNCIPE

Saul deu uma risada áspera.

– Ou aquele judeu insolente acha que minha filha não é boa o suficiente para ele.

Jônatas olhou para o pai.

– Você sabe que isso não é verdade.

– Davi! – Saul cuspiu a palavra como se fosse um mau gosto na boca. – Tanta humildade! – Ele zombou e arrancou um naco de carne do cordeiro assado. – Dei Merab a Adriel, o meolatita. Ela parte em dois dias.

Jônatas recebeu as palavras do pai como um soco no estômago.

– Quando essa decisão foi tomada?

– O que lhe importa saber quando a decisão foi tomada? Sou o rei! – Ele jogou a carne de volta no prato. – Judá já é nossa aliada. – Ele limpou a gordura das mãos em um pano. – O clã de Meolá estava em conflito conosco. Agora é nosso aliado. Foi uma boa decisão.

Jônatas estava muito zangado para falar.

O pai olhou para ele.

– Não me tente, Jônatas. Sei que Davi é seu amigo, mas entendo nosso povo melhor do que você! Devo fazer alianças.

– Você teria feito uma aliança com Judá dando Merab a Davi. Acha que eles ficarão satisfeitos de você ter esquecido a promessa que fez no vale de Elá?

O rosto de Saul ficou vermelho.

– Eles sabem que ofereci Merab a Davi. Cumpri minha promessa.

Jônatas sabia que não podia deixar o assunto passar. Pontes tinham de ser construídas entre as tribos, não demolidas. Esperou que o pai terminasse a refeição e bebesse um pouco de vinho antes de voltar ao assunto.

– Mical está apaixonada por Davi.

A irmã mais nova não seria uma esposa tão boa quanto Merab, mas o que lhe faltava em bom senso ela compensava em beleza. O casamento uniria Benjamim e Davi, e, se a irmã tivesse filhos de Davi, eles fariam parte da casa de Saul. Mas o mais importante era que o casamento confirmaria a honra do rei.

– Está?

– Ela me disse hoje que ele é o homem mais bonito de Israel inteiro.

Saul mastigou, seus olhos brilhavam. Soltou um som rouco e bebeu mais vinho.

– O que o impede de recusar Mical se já recusou Merab?

– Ele não vai recusar se você deixar claro que o acha digno de ser seu filho. Ele pagou o preço da noiva quando matou Golias.

– O preço da noiva. – Saul levantou a cabeça. – Eu não tinha pensado nisso.

– Então você oferecerá Mical?

– É claro.

Saul colheu algumas uvas e jogou uma na boca. Inclinou para trás com um sorriso presunçoso nos lábios.

* * *

Davi voltou para Gibeá. Jônatas estava tão ocupado com assuntos de estado que não teve tempo de vê-lo. E, quando foi vê-lo, Davi estava se preparando para partir novamente.

– Ore por mim, meu amigo! – Davi abraçou de Jônatas em agradecimento. Tremia de excitação. – Acabei de falar com vários dos assistentes do rei e ainda posso me tornar seu irmão!

– Você já é meu irmão.

Jônatas ficou encantado porque o pai tinha seguido sua decisão de dar Mical a Davi.

Davi o soltou, e eles caminharam juntos.

– Estou partindo em uma hora.

– Partindo? Para onde?

– O rei anunciou o preço de sua irmã Mical. E tenho até o festival da lua nova.

– Davi! – Jônatas o chamou antes que ele se afastasse muito. – Que preço o rei estabeleceu?

– Cem prepúcios!

Cem mortes – e a prova de que os filisteus eram incircuncisos. Jônatas ficou consternado, pois era outro indício de que o pai estava adotando os costumes das nações vizinhas. Os egípcios cortavam mãos e as colecionavam como troféus para provar quantos haviam matado. Os filisteus cortavam cabeças. Jônatas se perguntou se o pai entendia que podia estar enviando Davi para a morte. E se Israel perdesse seu herói? Eles também perderiam a fé? Por direito, Mical já pertencia a Davi por causa da promessa do rei.

Mas talvez seu pai estivesse certo. Davi estava ansioso para provar-se digno.

*Senhor, proteja-o. Siga à frente dele e seja sua retaguarda. E que Mical se mostre uma noiva digna quando Davi retornar!*

\* \* \*

Jônatas estava em conselho com o pai e os conselheiros quando ouviu aplausos vindos de fora. Saul levantou a cabeça, irritado.

– O que está acontecendo lá fora?

A cidade estava um alvoroço de excitação.

– Davi! – o povo gritava. – Davi!

O rosto de Saul ensombreceu por um momento, e então ele se levantou.

– Seu amigo voltou. Vá cumprimentá-lo. – Ele olhou para os outros. Nós continuamos.

Jônatas correu. Riu quando viu Davi, pois não era preciso perguntar se sua busca havia sido bem-sucedida. Um saco sangrento estava em sua mão.

– Você conseguiu!

– Duzentos – disse Davi, erguendo o saco.

– Que o Senhor esteja com você todos os dias de sua vida!

Mical estava dançando quando soube da notícia. A irmã seria abençoada com um marido capaz de protegê-la. Ele viu o pai chegar.

– Venha, Davi! O rei o espera!

Jônatas levou o amigo até Saul.

– Duzentos prepúcios, pai. O dobro do que você pediu!

Davi curvou-se e estendeu o saco ao rei.

– O preço pela sua filha, meu rei.

Um músculo se contraiu abaixo do olho direito de Saul, e então ele sorriu amplamente, abrindo os braços.

– Meu filho!

Enquanto o rei envolvia Davi em seus braços, o povo enlouqueceu de alegria.

* * *

Os preparativos para o casamento foram feitos rapidamente. Como o melhor amigo de Davi, Jônatas cuidou de supervisionar os detalhes. Haveria comida e vinho para milhares. O rei estava taciturno, mas o príncipe não poupou despesas. Afinal, a filha do rei estava se casando com o herói de Israel. As tribos de Benjamim e Judá se tornariam aliadas para sempre.

Ninguém tentou convencer Jônatas do contrário.

Jônatas colocou a coroa do noivo na cabeça de Davi.

– Você está pronto. – E colocou a mão firmemente no ombro de Davi. – Pare de tremer.

A testa de Davi estava coberta de umidade.

– Tenho seguido a Lei desde muito cedo, Jônatas, mas me sinto mal preparado para o casamento.

– Mical não é um inimigo, meu amigo. E ela o ama.

Davi corou.

– Vamos ver como ela se sente sobre mim amanhã de manhã.

Rindo, Jônatas lhe deu um empurrão em direção à porta.

Mical nunca parecera mais bonita ou alegre do que naquele momento, sob o dossel com Davi. Seus olhos escuros brilharam quando ela olhou para ele. Quando Davi a tomou pela mão, sentiu a pulsação na garganta. As pessoas sorriam e sussurravam.

Representantes de todas as tribos vieram ao casamento, especialmente de Judá. Fogueiras pontilhavam a paisagem ao redor de Gibeá. O som de harpas e pandeiros flutuou durante a noite, junto com o riso do povo.

O rei Saul anunciou seu presente no banquete: uma casa próxima à do rei. Davi ficou surpreso e agradecido por tal demonstração de generosidade e elogiou o rei por isso. Saul ergueu sua taça de vinho. O povo cantava e dançava.

Jônatas se inclinou para mais perto.

– O povo está satisfeito, pai.

O rei Saul bebeu um gole, observando a festa sobre a borda da taça.

– Esperemos não estar lançando as sementes de nossa destruição!

# QUATRO

Jônatas achou difícil se concentrar na ladainha de reclamações de Mical, tendo acabado de chegar de uma reunião tensa com o pai. Da próxima vez que a irmã pedisse para visitá-lo, talvez devesse recusar.

Mical podia adorar Davi, mas choramingava sem parar do fardo das responsabilidades do marido. Jônatas estava grato por não ter uma esposa. Como devia ser difícil para Davi se concentrar nas ameaças dos filisteus quando a ameaça mais imediata era uma birra em sua própria casa.

– Gostaria que ele não fosse o herói de Israel. Se fosse um soldado comum, eu ficaria encantada – ela resmungou. – Pelo menos poderia ficar em casa um ano! Ninguém sentiria falta dele!

Espreguiçando-se, Jônatas lhe deu atenção.

– Você e Davi tiveram um mês sem interrupção. – Tempo suficiente para conceber um filho. – Agora, o rei o quer de volta ao dever. Reclamar não vai alterar as necessidades da nação, Mical.

– Toda vez que uma aldeia é invadida, é meu marido que tem de sair de novo. Por que não pode ser você o único a ir todas as vezes? Você não tem esposa.

Jônatas gostaria que assim fosse, mas o rei muitas vezes o enviava em outras missões, especialmente para falar da união entre as tribos.

– Você deveria se orgulhar de Davi.

– Eu me orgulho. Mas...

*Lá vem.*

– Você conhece a Lei melhor do que ninguém, Jônatas. Ela não diz que, quando um homem toma uma nova esposa, não deve ir para o exército ou ter qualquer outro dever senão dar-lhe felicidade?

Ele sorriu com ironia.

– Estou feliz de que você esteja se interessando pela Lei, embora tenha motivos duvidosos. Você não pode escolher uma norma da Lei e ignorar todo o resto.

Os olhos dela faiscaram.

– Estou infeliz! A Lei diz que devo ter meu marido por tempo suficiente para ser feliz.

*E quanto tempo isso levaria?*

– Você é filha do rei de Israel. Não deveria estar pensando no que é melhor para o nosso povo?

Baixando o queixo, ela desviou o olhar.

– Não é justo!

– É justo que os filisteus despojem os pobres de seu sustento? De todos os nossos comandantes, Davi tem o maior sucesso contra nossos inimigos. O rei é sábio em usá-lo.

– Ou você prefere que a guerra venha à nossa porta? – disse Davi, saindo.

Mical levantou o rosto e corou. Envergonhada, ficou mais raivosa.

– Você acha que meu pai quer vê-lo morto toda vez que o manda para fora de casa?

Jônatas se levantou com raiva.

– Só uma pessoa tola diria uma bobagem dessas!

– Tola? – Ela olhou para ele. – É verdade, Jônatas! A única tola por aqui...

– Cale-se! – disse Davi.

– Você passa mais tempo com meu irmão do que comigo!

Com o rosto vermelho, Davi veio até ela, puxou-a para o lado e manteve a voz baixa enquanto lhe falava. Qualquer outro homem a teria esbofeteado. Jônatas ficou contente de ver que o amigo a estava perdoando. Felizmente, Mical apreciou a paciência e compaixão do marido. Deixou cair os ombros e baixou a cabeça. Fungou e enxugou os olhos. Ele ergueu o queixo dela, beijou-lhe as faces, falou novamente, e ela saiu da sala.

Davi encarou Jônatas, claramente mortificado pelo comportamento da esposa.

– Meu servo irá levá-la para casa. Desculpe-me, Jônatas. Ela não quer dizer as coisas que diz.

– Por que você está se desculpando? Minha irmã não consegue segurar a língua.

– Ela é minha esposa, Jônatas.

– Uma repreensão?

Davi parecia desconfortável.

– Sente-se. Relaxe. – Jônatas sorriu. – O fato de você proteger sua esposa fala a seu favor. Ela está certa sobre a Lei, meu amigo. Ela exige que o marido fique um ano em casa para fazer a mulher feliz, e a maneira de fazer isso é lhe dar um filho.

Infelizmente, o rei não tinha a intenção de seguir essa lei específica. Temia os filisteus mais do que a Deus.

– Estou tentando.

Jônatas riu. Levantou-se e deu um tapa nas costas de Davi.

– Venha, meu amigo. Vamos dar uma olhada nos mapas.

Passaram as horas seguintes discutindo táticas e fazendo planos. Um servo veio com refrescos. Davi rasgou um pedaço de pão e o mergulhou no vinho.

– Por que não se casou, Jônatas?

Diante do que tinha visto do relacionamento turbulento de Davi e Mical, ele não estava ansioso por ter uma mulher em casa.

– Não tenho tempo para uma esposa.

– Você vai precisar de um herdeiro. E uma mulher dá conforto a um homem.

Mical estava sendo um conforto para Davi? Fisicamente, talvez, mas e as outras necessidades de um homem? Paz e sossego, um lugar onde descansar dos problemas.

– Uma mulher briguenta é pior que uma cabra balindo do lado de fora da janela.

– Você gosta de mulheres.

Jônatas sorriu.

– Ah, mas elas não dançam e cantam ao meu redor como fazem com você.

– Elas dançam e cantam ao meu redor porque sou um homem comum, um pastor, o filho mais novo do meu pai. Mas você, Jônatas, é tão alto quanto seu pai, e, pelos mexericos que ouço, as mulheres o acham ainda mais bonito. E você é o príncipe, herdeiro do trono de Israel. Elas esperam nos portões, na esperança de que você olhe para elas, e, quando você o faz, elas coram. Você poderia ter qualquer mulher que quisesse, meu amigo.

Jônatas sabia que as mulheres gostavam dele. E ele gostava de mulheres.

– Há um tempo para tudo, Davi. Neste momento, Israel é meu amado. O povo é minha esposa. Talvez, quando tivermos paz...

– Pode levar anos até que tenhamos paz. O Senhor disse que não é bom que o homem esteja só.

Jônatas às vezes ansiava pelo conforto do lar e da família, mas outros assuntos tinham precedência.

– Quando um homem ama uma mulher, seu coração está dividido. Lembra como Adão quis agradar a Eva quando ela lhe ofereceu a maçã? Ele conhecia a proibição do Senhor e mesmo assim pegou o fruto. – Ele balançou a cabeça. – Não. Israel prende meu coração. Quando os inimigos de Deus forem expulsos de nossa terra, então tomarei uma esposa. – Ele sorriu. – E vou ficar em casa por um ano para fazê-la feliz.

\* \* \*

Eles se encontravam todos os dias, quando saíam para o campo por algumas horas de prática com suas armas. Jônatas gostava de passar um tempo com o amigo, e Davi sentia o mesmo. Ao ar livre, além dos portões e das casas, podiam conversar enquanto atiravam flechas e lanças para que os servos as recuperassem.

— Apesar de seu sucesso, ainda estamos longe de vencer a guerra. — Jônatas atirou sua flecha no alvo. — Os filisteus continuam chegando como ondas do mar. Temos de conter a maré.

— E como fazer isso? — Davi arremessou sua lança mais longe que da última vez, e ela quase acertou o centro. — O armamento filisteu é muito superior ao nosso.

— Nós despojamos os mortos de suas armas.

— Isto não é suficiente. — Jônatas balançou a cabeça. — Quando essas armas ficam danificadas, não sabemos consertá-las. Não somos capazes de forjar espadas como as deles. E as pontas de suas lanças e flechas atravessam o bronze. — Ele pegou um punhado de flechas de Ebenezer e as jogou na aljava que levava às costas.

— Qual é a sua ideia? — perguntou Davi, arremessando outra lança.

— Encontre homens dispostos a ir para Gate.

— E trocar pelo segredo? — perguntou Davi.

Jônatas atirou outra flecha direto no alvo.

— Os filisteus são muito astutos. Não vão compartilhar seu conhecimento facilmente. Alguém teria de ir lá e ganhar a confiança deles para aprender a fazer armas como as suas.

— É uma pena que eles saibam que sou aquele que matou Golias.

— Você seria o último a quem eles dariam as boas-vindas.

— E aqueles homens que viviam entre eles antes de Micmás? Voltaram para as fileiras de Israel, mas talvez alguns deles concordem em voltar e...

— Também não acho que seriam confiáveis. Você confiaria em um homem cuja lealdade foi influenciada pela maneira como a batalha ocorreu? Não confio neles.

Jônatas atirou outra flecha no alvo.

– Mova o alvo para trás! Está muito fácil. – Virou-se para Davi. – O Senhor poderia destruir todos os nossos inimigos com um sopro, Davi, mas ele nos disse para limpar a terra. Acredito que ele fez isso para testar nossa lealdade. Será que faríamos o que ele ordenou? Nossos antepassados lhe obedeceram por uma geração e então perderam de vista o objetivo... e Deus.

O servo gritou que o alvo estava pronto. Jônatas se virou e atirou sua flecha.

– No alvo! – gritou o servo, comemorando.

– Mova-o novamente mais para trás! – Jônatas ergueu o arco. – Deve-se ensinar o povo a orar e depois lutar, mas também ajudaria se tivéssemos espadas mais fortes!

* * *

Jônatas e Davi saíram juntos para caçar invasores filisteus. Acampado sob as estrelas, Davi dedilhava as cordas da harpa, tocando uma canção de celebração de vitória sobre os inimigos.

– Por que você nunca canta, Jônatas?

Jônatas sorriu.

– Deus dá dons a cada um de nós, meu amigo. Cantar não é um dom que o Senhor achou por bem me dar.

– Todos podem cantar. Cante comigo, Jônatas!

Alguns dos homens se juntaram a ele para estimular o príncipe a tentar. Rindo, Jônatas decidiu que só havia uma maneira de convencê-los. Os olhos de Davi piscaram, mas ele não disse nada. Os outros cantaram mais alto, alguns sorrindo. Quando a música acabou, Jônatas se deitou e colocou os braços atrás da cabeça.

Davi continuou a tocar sua harpa, experimentando novos acordes e dedilhados.

– O rei vai gostar disso – disse Jônatas.

Quando voltaram para Gibeá e jantaram com o rei, Saul ordenou que Davi cantasse para ele.

– Cante uma canção nova.

A sala se encheu de uma bela música enquanto Davi dedilhava suavemente o instrumento. Só ele poderia trazer sons de tamanha doçura e palavras de tanta beleza.

Mas, quando Davi começou a cantar, Jônatas sorriu.

– Toque uma música alegre.

Davi sorriu de volta para ele antes de continuar.

\* \* \*

Depois de várias semanas perseguindo filisteus e fortalecendo postos avançados, Jônatas retornou a Gibeá, onde ficou sabendo que Davi havia derrotado outro bando de invasores.

O pai o chamou. Jônatas esperava encontrar o rei satisfeito. Em vez disso, Saul andava de um lado para o outro, lívido, enquanto seus conselheiros observavam, inquietos. O que tinha causado o mau humor dessa vez? Só boas notícias haviam chegado de todas as frentes, as mais gloriosas de Davi.

Abner fechou a porta atrás de Jônatas.

– Estamos todos aqui, meu senhor.

Saul se virou.

– Quero Davi morto.

Jônatas congelou. Que loucura era aquela?

– Esse judeu ameaça meu governo! Você ouviu o povo gritando o nome dele ontem, quando ele se aproximava dos portões da *minha* cidade?

Jônatas balançou a cabeça, incapaz de entender a fúria do pai.

– Porque ele expulsou o inimigo.

– Você não entende nada! Você chama meu inimigo de amigo!

O calor invadiu o rosto de Jônatas, e seu coração saltava em alarme e raiva.

– Davi é seu amigo também, meu senhor. E seu filho, por casamento com Mical!

Saul se afastou.

— Se permitirmos que esse pastor continue a ganhar poder, ele me matará e tomará a coroa para si.

Jônatas olhou para os outros na sala. Ninguém falaria com bom senso ao rei? Abner devolveu o olhar, assentindo.

— Davi pode se tornar uma ameaça.

— Você já viu alguma evidência de insurreição?

Saul se enfureceu.

— Quando houver evidências, estarei morto!

Jônatas estendeu as mãos para o pai.

— Você não poderia estar mais errado sobre Davi. Ele não tem outras ambições além de servi-lo.

— Ele rouba a afeição do povo!

— O povo ama o rei. Ele grita seu nome assim como o de Davi, pai.

— Não tão alto. Não por tanto tempo.

Jônatas olhou para os outros. Deixariam a suspeita crescer em Saul porque temiam dizer a verdade? Davi era o maior aliado de Saul!

— Os filisteus não são inimigos suficientes para você? Não precisamos inventar um entre nós!

Abner falou pelos demais.

— Um inimigo em nosso meio pode causar o maior dano.

Jônatas sabia que teria de encontrar uma maneira de falar a sós com o pai, pois aqueles homens diriam qualquer coisa para agradar ao rei. Muito influenciados pelos temores de Saul, involuntariamente atiçaram o fogo de seu orgulho ferido ao concordar com ele.

Mas, até que pudesse afastar Saul daqueles homens, Jônatas precisava se certificar de que Davi fosse afastado do perigo. Ele encontrou Davi em uma reunião com seus oficiais.

— Precisamos conversar. Agora.

Davi o levou para outra sala.

— O que foi, Jônatas? O que há de errado?

— Meu pai está procurando uma oportunidade de matá-lo.

Davi empalideceu.

– Por quê?

– Está tendo um de seus acessos. Você já viu isso antes. Vai passar.

– Rezo para que você esteja certo!

– Amanhã de manhã, você deve encontrar um esconderijo no campo. – Jônatas segurou seu braço e lhe disse para onde ir. – Vou conversar com meu pai sobre você. Depois conto tudo o que puder descobrir. Mas você não deve se arriscar, meu amigo. Alguns dos conselheiros do rei veem inimigos onde não existem.

\* \* \*

Jônatas se juntou ao pai antes da refeição matinal.

Saul parecia exausto e abatido. Viam-se sombras escuras sob seus olhos. Quando ele pegou a taça de vinho, sua mão tremeu.

– Você não dormiu bem.

Mesmo que o rei não conseguisse pensar em nada mais senão na ascensão de um inimigo, Jônatas pretendia limpar a mente do pai desses medos.

– Como poderia dormir com meu reino em perigo? – disse Saul, preocupado.

Jônatas arrancou um pedaço de pão, molhou-o na tigela de mel e ofereceu-o ao pai. Saul o aceitou, ainda franzindo a testa, pensativo. Os homens estavam na antecâmara, esperando uma audiência com o rei. Jônatas precisava tirar o pai do palácio e sair ao ar livre por algum tempo.

– Lembra quando limpamos os campos juntos, pai?

Saul fez um som suave, olhando pelas janelas.

– Os campos estão quase prontos para os ceifeiros. O Senhor nos abençoou com uma boa colheita neste ano. Faz dias desde que você deixou o palácio. – E a companhia de seus conselheiros. – Você trabalhou duro para o seu povo, pai. Certamente tem permissão para um passeio pelos campos do Senhor.

Levantando-se, Saul encarou os homens que se aproximavam.

– Vão embora.

## O PRÍNCIPE

Os servos recuaram. Jônatas não esperava que fosse tão fácil.

Caminharam metade da manhã e sentaram-se sob uma das oliveiras. Saul suspirou.

– Sinto falta disso.

– Eu gostaria de falar com você sobre suas ordens ontem, pai.

– Qual delas?

– A que você emitiu para matar Davi.

Saul virou a cabeça e olhou para ele.

– Foi por isso que você me trouxe aqui?

– Sim. E não.

– O que quer dizer?

– Vejo que você está sobrecarregado. Não passa uma semana sem que tenhamos de enviar homens para proteger nossa terra dos invasores. E as tribos vivem brigando entre si por coisas mesquinhas. Mas lembre-se: todas se reúnem ao seu comando, meu senhor. – Ele olhou nos olhos do pai. – Você sabe que eu o amo. Sabe que eu o honro. Confia em mim?

– Sim.

– O rei não deve pecar contra seu servo Davi. Ele nunca fez nada para prejudicá-lo. Sempre o ajudou de todas as maneiras possíveis. Você já se esqueceu do dia em que ele arriscou a vida para matar o gigante filisteu e que por isso o Senhor ofereceu uma grande vitória a Israel? Certamente isso o deixou feliz.

Saul deixou cair os ombros.

Não. Nunca esquecerei.

– Por que, então, deseja matar um homem inocente como Davi? Não há nenhuma razão para isso! – Jônatas falou gentilmente, querendo lembrar ao pai o que era certo, esperando desviar sua mente dos conselhos dos covardes. – Se há alguém no reino em quem você pode confiar mais do que eu, é seu genro Davi.

Saul fez uma careta como se estivesse com dor.

– Quando ouço falar das conquistas dele... – Ele balançou a cabeça.

– Tudo o que Davi conquistou foi para a glória do Senhor e sua, pai. Ele é seu servo fiel. – Jônatas queria falar mais sobre as realizações de Davi, mas temia que elas mais afligissem do que confortassem o pai. – Com todo o respeito por seus conselheiros, pai, são homens assustados. Deixe a sabedoria reinar em Israel em lugar do medo.

Inclinando a cabeça para trás contra o tronco retorcido da oliveira, Saul fechou os olhos e suspirou.

Jônatas permaneceu em silêncio. Não queria pressionar o pai como outros homens faziam. Ele olhou para os campos e depois para o céu azul.

– Você é meu filho mais velho, Jônatas, a primeira demonstração de minha força como homem. O povo o tem em alta conta. Quando eu morrer, a coroa passará para você.

– Se for a vontade de Deus.

Quando Saul olhou para ele, Jônatas sentiu seu coração disparar. Não pretendia lembrar o pai do que Samuel havia dito.

– Eu me pergunto o que Deus estava pensando quando me escolheu para ser rei.

Jônatas relaxou.

– Que você era o homem que o povo queria.

– Sim. – Que desolação! – O povo me quis. Uma vez.

– Ainda quer. Não precisa se preocupar, pai. – *Senhor, faça que ele ouça minhas palavras.* – O povo sempre amará um rei que reine com sabedoria e honra.

– O amor deles é como o vento, Jônatas, soprando para o leste um dia e para o oeste no outro.

– Então você deve estabilizá-lo com um espírito calmo.

– Estou cansado.

– Descanse um pouco agora. Vou ficar de vigia.

Foi o que Saul fez. Dormiu várias horas enquanto Jônatas permaneceu com ele no olival. Quando os servos vieram verificar como estava o rei, Jônatas os mandou embora. Todo homem precisava descansar, especialmente um rei.

Saul acordou sorrindo.

– Sonhei que era agricultor novamente.

– O Senhor o chamou com outro propósito.

Saul começou a se levantar. Jônatas se levantou e estendeu-lhe a mão. O pai a agarrou e se levantou.

– Você não é mais um menino. – Ele sorriu levemente. – Continuo me esquecendo disso. – Colocou a mão no ombro de Jônatas. – Tão certo como vive o Senhor, Davi não será morto.

Jônatas curvou-se.

– Que o Senhor recompense sua sabedoria, pai.

– Esperemos que sim. – Saul viu seus servos chegando. – Tenho coisas a fazer. – E caminhou em direção a eles.

Jônatas foi mais longe no campo.

– Davi!

– Estou aqui. – Davi saiu do esconderijo e caminhou em direção a ele.

Jônatas sofreu ao ver seu amigo tão inseguro. Ele sorriu quando Davi se aproximou.

– Posso ver pelo seu rosto que as coisas correram bem com o rei.

Jônatas colocou o braço em volta dos ombros do amigo.

– Não há necessidade de ficar inseguro, meu amigo. Venha. Vou levá--lo até ele. Verá por si mesmo que as coisas serão como eram antes. Traga sua harpa.

\* \* \*

As coisas estavam realmente melhores entre o rei e seu herói. Jônatas viu a paz que Davi trouxe ao rei com suas canções de libertação. Por um tempo, os filisteus ficaram quietos, e Gibeá se aqueceu ao sol. Jônatas olharia para aqueles dias como os mais pacíficos que já vivera. Ele e Davi passavam longas horas juntos, debruçados sobre a Lei, discutindo-a. Ninguém mais entre seus amigos e parentes compartilhava seu fascínio.

— Até eu enfrentar Golias, meus irmãos achavam que eu só seria capaz de cuidar de ovelhas. Não importava o que eu dissesse, me acusavam de alguma coisa. Naquele dia, no vale de Elá, Eliabe disse que eu era vaidoso e perverso por falar abertamente.

— Eles não o conheciam muito bem.

— Eu me pergunto se um dia irão me conhecer.

Uma expressão cintilou no rosto de Davi e desapareceu, uma severidade que Jônatas não tinha visto antes.

Jônatas ergueu uma jarra de água fresca e encheu sua taça.

— Como seria maravilhoso e agradável se todos os irmãos pudessem viver juntos em harmonia! — Ele bebeu tudo e colocou a taça de lado. — Esse é meu único sonho, Davi, o trabalho que acredito que Deus pretende para mim: ajudar meu pai a unir as tribos. Não podemos ser rebanhos dispersos, balindo uns para os outros. Se quisermos vencer nossos inimigos, devemos nos unir a nossos irmãos e permanecer firmes ao lado do rei ungido por Deus. Devemos nos lembrar de nossa aliança com o Senhor, pois essa aliança com Deus é o que nos manterá juntos.

— Você é abençoado. — Davi sorriu. — Tem uma cópia da Lei e a leva aonde quer que vá.

Se ao menos seu pai, o rei, tivesse feito uma cópia da Lei. Se ao menos Saul tivesse levado a sério a ordem, talvez não tivesse pecado. E, se tivesse estudado a Lei, saberia que o Senhor demorava a se irar e era rápido para perdoar.

— Por mais dias que Deus me dê nesta terra, Davi, não será suficiente para sabermos tudo o que Ele nos ensina na Lei. Ela é nova todas as manhãs em que a leio. Gostaria que o Senhor, em sua misericórdia, escrevesse isso em nossos corações, pois parece que nossas mentes não são capazes de absorver a extensão e a profundidade do amor que Deus tem por nós como seu povo escolhido.

* * *

Mais uma vez, Saul enviou Davi à batalha, e ele feriu os filisteus com tanta força que eles fugiram. Voltou triunfante, e a cidade e o campo o festejaram. O rei e seus oficiais, Davi e Jônatas entre eles, festejaram no palácio. Lá fora, os guerreiros cantavam canções de vitória escritas por Davi. Muitos dos oficiais bebiam muito.

– Cante-nos uma canção, Davi!

– Sim! Cante-nos uma canção!

Davi olhou para o rei Saul. Jônatas sentiu o ar cada vez mais rarefeito. Esperou que o pai falasse, perguntando-se por que estava ele sentado com as costas contra a parede, uma lança na mão, sonhando acordado.

– Pai?

– Sim. – Saul acenou com a mão. – Cante.

O servo de Davi trouxe-lhe a harpa. Enquanto a sala se enchia de música, um dos conselheiros comentou:

– Ele lança feitiços com sua música.

O olhar de Saul mudou. Jônatas olhou para o homem.

– Acredito que você tem deveres em outro lugar.

O conselheiro olhou para o rei, mas Saul não disse nada. Jônatas não desviou o olhar do homem até que ele se desculpou, levantou-se e saiu da sala.

Relaxando nas almofadas, Jônatas ouviu Davi cantar:

*Dê ao Senhor a glória que Ele merece!*
*Traga sua oferenda e entre em Seus átrios.*
*Adore o Senhor em todo o Seu santo esplendor.*
*Que toda a terra trema diante d'Ele.*

Os homens aplaudiam quando ele tocava os últimos acordes. O rei sorriu e assentiu.

Um servo se aproximou de Jônatas.

– Sua mãe pede sua presença, meu senhor príncipe.

Surpreso, Jônatas pediu permissão ao pai para sair. Não era costume a mãe perguntar por ele.

– Vá.

Saul mal olhou para ele, porque seu olhar ainda estava fixo em Davi quando ele começou a tocar outra música.

A mãe de Jônatas agora tinha aposentos luxuosos e servas para atendê-la em todas as suas necessidades. Quando ele entrou, uma bela serva curvou-se diante dele e o conduziu ao quarto da mãe.

Ela estava reclinada em um sofá, pálida.

– Lamento tirá-lo de sua festa, meu filho.

– Você está doente – disse Jônatas, alarmado. – Por que não me avisaram?

– Não estou tão doente que alguém deva saber. Traga uma almofada para meu filho, Raquel.

Jônatas sentou-se e pegou a mão da mãe.

– O que os médicos dizem?

A mãe acariciou a mão do filho como se ele fosse uma criança.

– Os médicos não sabem de nada. Eu só preciso descansar. Jônatas, gostaria que conhecesse Raquel, filha do meu primo em segundo grau. O pai dela é escriba.

Jônatas olhou para a garota, e ela corou. Era muito bonita.

A mãe fez um aceno, e a garota saiu do quarto.

– Ela é bonita, não acha? Nasceu em uma boa família. – Quando a mãe fez um esforço para se sentar, Jônatas se levantou para ajudá-la. – Estou confortável agora. Sente-se. – Ela sorriu. – O pai de Raquel conhece Samuel.

– Você pediu para me ver. Por quê?

– Pensei que o motivo seria óbvio. – Ela apertou os lábios. – Você deveria se casar, meu filho, e logo.

– Não é a hora.

– Que melhor hora existe? Você é muito mais velho do que seu pai era quando nos casamos.

– Mãe, minhas responsabilidades não me deixam tempo para...

– Davi está casado. Você influenciou essa decisão dele, não foi? E ele é mais novo que você.

# O príncipe

Jônatas balançou a cabeça.

– Suponho que toda mãe queira que os filhos se estabeleçam. – Ele se inclinou para ela, querendo que ela descansasse e não se preocupasse. – O casamento de Davi com Mical fortalece o vínculo entre nossa tribo e a de Judá, mãe. Além disso, que homem melhor poderia haver para sua filha do que o herói de Israel?

Os olhos dela se entristeceram.

– Você é o herói de Israel, meu filho. Era pouco mais velho que Davi quando derrotou os filisteus em Micmás. Embora muitos anos tenham se passado desde então, o povo não esqueceu. Existem outras boas razões para você se casar, Jônatas.

Ele sentiu o tremor na mão dela.

– Por que você insiste nisso, mãe?

Os olhos dela se encheram de lágrimas.

– Porque sei que em qualquer batalha meu filho pode ser morto. – Ela mal conseguia falar. – É pedir demais querer ter um neto em meus braços?

– Mical e Davi...

– Não!

Ele franziu a testa, perturbado pela veemência dela.

Ela se sentou e se inclinou em direção a ele.

– Case e tenha seus filhos, Jônatas. Você e seus irmãos precisam ter filhos para edificar a casa de Saul.

– Por que você está tão inflexível agora?

– Devemos crescer em número.

– Você tem mais fé em mim do que eu mesmo se acha que posso aumentar a população...

– Isso não é motivo de riso.

Ele suspirou.

– Não. Mas também não é o momento certo.

– Eu acho...

– Não, mãe.

– Se agradar ao rei que você se case...

– Se isso estivesse na mente dele, ele mesmo teria sugerido. E, se ele fizer isso agora, direi que a esposa dele o convenceu disso. – Jônatas a beijou no rosto e se levantou. – Você e Davi...

Ela ergueu a cabeça.

– O que tem Davi?

– Ele concorda com você. Ele me disse que as Escrituras afirmam que não é bom que um homem esteja sozinho, que deve ter uma esposa. – Ele inclinou a cabeça para observar a expressão dela. – Por que isso a surpreende?

– Se você não ouve sua mãe, talvez devesse ouvir seu amigo.

– Mais tarde, talvez.

\* \* \*

Jônatas despertou abruptamente de um sono profundo e ouviu a voz de Mical.

– Não me importo se ele está dormindo! Preciso ver meu irmão! Agora!

Jônatas sentou-se e esfregou o rosto. Havia dormido mal, despertado por sonhos estranhos. Violência na cidade. Filisteus em fúria. Paredes rachadas. Duas vezes ele saltou da cama, pegou a espada e foi até a janela, mas Gibeá estava quieta.

Seu servo estava à porta.

– Meu senhor, sinto muito por acordá-lo. Sua irmã...

– Eu a ouvi. Diga-lhe que a verei em um minuto.

Ele tirou a túnica, jogou água no rosto e o secou com uma toalha. Vestindo uma túnica limpa e um roupão, foi até ela.

Mical andava de um lado para o outro, o rosto manchado de tanto chorar, os olhos selvagens.

– Finalmente!

Ela lhe lembrou o pai em um de seus momentos de mau humor.

– O que está acontecendo?

Foi então que ele notou o hematoma em sua bochecha.

– O pai me bateu! Você tem de falar com ele. Estava tão zangado que pensei que me mataria.

Ele sentiu um medo repentino.

– Onde está Davi?

– Ele se foi.

Ele pegou as mãos dela e a fez sentar-se.

– Foi para onde, Mical?

– Não sei. Fugiu para salvar a vida. Ele se foi! E me restou enfrentar o rei! – Ela chorava como uma criança assustada e gritou para ele: – É tudo culpa sua, Jônatas!

– Como é minha culpa?

– Meu marido ainda estaria em casa, na cama comigo, se você tivesse ficado no banquete! Por que você saiu?

– Mamãe chamou por mim.

Ela respirou fundo e usou o xale para enxugar os olhos e o nariz.

– Ela está morrendo de coração partido porque papai levou aquela garota Rispá para a cama dele. Ele não se importa mais com a mamãe.

Jônatas não ficou nada satisfeito de saber disso.

– Mamãe ainda é sua rainha, Mical, e a mãe de seus filhos.

Ela se levantou, frustrada.

– Não vim falar sobre os problemas dela. Depois que você saiu da celebração, o espírito maligno desceu sobre o pai novamente. Você sabe como ele fica quando isso acontece.

Sabia muito bem.

– Ele estava sentado com a lança na mão. – Uma pose real após uma grande vitória. – Em um minuto, ele parecia bem e, no próximo, já estava arremessando a lança em Davi! Ela bateu na parede! Davi escapou e voltou para casa. Achei que os conselheiros do papai o acalmariam, mas, quando soube o que tinha acontecido, entendi que papai estava determinado a matar meu marido. Disse a Davi que, se não deixasse Gibeá, estaria morto antes do amanhecer. E estava certa! Mal fazia alguns minutos que ele havia saído quando os homens do papai chegaram. Disse a eles que Davi estava doente. Então eles voltaram para o rei, mas o pai os enviou novamente, com ordens de trazerem Davi, doente ou não! Você não vai perguntar como Davi escapou? – Ela apertou as mãos. – Eu o deixei descer pela janela. Então peguei um dos meus ídolos e o coloquei em nossa cama. Cobri-o com uma roupa e coloquei um pouco de pelo de cabra em sua cabeça. – Ela riu loucamente. – Foi inteligente da minha parte, não foi?

– Sim.

Jônatas ficou revoltado com o fato de sua irmã ter ídolos em casa.

– E então os homens do pai voltaram. Quando descobriram que Davi não estava lá, me levaram ao rei. E o pai me acusou de enganá-lo e mandar embora o inimigo dele para que ele pudesse escapar. Inimigo! Oh, Jônatas, pensei que ele ia me executar por traição!

Jônatas se forçou a falar com calma.

– Ele não mataria a própria filha, Mical.

Ela ficou mais irritada.

– Você não viu o rosto dele. Não olhou nos olhos dele. Eu disse a ele que Davi ameaçou me matar se eu não o ajudasse a fugir.

Jônatas recuou e a olhou fixamente.

– Por que está olhando assim para mim?

– Que tipo de esposa trai o marido com uma mentira dessas? Davi não tocaria em um fio de seu cabelo!

– Papai estava decidido a cortá-lo!

– Como você fala! Você está aqui, Mical. Viva e bem. Não há nenhum guarda com você. Qualquer tempestade que tenha imaginado provavelmente já passou.

Ela deu um salto, o rosto contorcido de raiva.

– Você está errado! Às vezes me pergunto se você conhece nosso pai. Você está tão determinado a ver o bem em todos.

– E você, em buscar defeitos em todos.

– Talvez você esteja errado sobre Davi também. Isso já lhe ocorreu? Seu bom amigo não ficou por perto para proteger a esposa, não é? Saiu sem pensar duas vezes. Por acaso parou para pensar no que aconteceria comigo?

– Você se cuidou, não é?

– Odeio você! Eu o odeio quase tanto quanto odeio...

Jônatas a sacudiu com força.

– Baixe seu tom de voz!

Mical cedeu, chorando, com a cabeça apoiada no peito dele.

– O que vou fazer sem ele? Eu o amo! Não quero ficar viúva.

Jônatas pensou em Davi correndo por sua vida.

– Para onde ele pode ter ido?

Ela se afastou.

– Como eu iria saber? Para a família, suponho. Não me lembro. Belém. – Ela murchou em uma almofada e cobriu o rosto, os soluços fazendo os ombros tremer. – Você vai falar com papai por mim? Por favor, Jônatas. Tenho medo do que ele vai fazer.

* * *

Jônatas se perguntou se a irmã não teria exagerado em tudo, pois o rei estava de bom humor no dia seguinte.

– Você se recolheu cedo ontem à noite, meu filho. Estava doente?

– Mamãe me chamou. Está tudo bem?

– Sim! É claro. Por que não estaria?

– Mical veio à minha casa ontem à noite.

Saul fez uma careta.

– Sua irmã inventa problemas. Não me fale mais dela. – Ele acenou como se quisesse dar um tapa no assunto. – E sua mãe? Por que o chamou, tirando-o da celebração?

Ele se inclinou e falou baixinho para que os conselheiros não o ouvissem.

– Ela acha que é hora de eu me casar.

– Ela acha? – Saul ergueu as sobrancelhas. Pensou um pouco no assunto e então assentiu. – Não é má ideia. Devemos encontrar uma jovem adequada para você.

Jônatas sabia o que seria adequado para o pai: uma noiva que trouxesse uma aliança.

– Ela deve ser da tribo de Benjamim, pai. Como a lei exige.

A expressão de Saul mudou.

– Isso vai ter de esperar. – Ele colocou o braço em volta do ombro de Jônatas. – Os filisteus saquearam outra aldeia.

Eles revisaram os relatórios juntos. Jônatas apontou suas estratégias.

– Com sua permissão, levarei Davi comigo.

O rei fez um estardalhaço.

– E partilhar a glória? – Ele balançou a cabeça. – Não desta vez.

– Não é a glória que procuro, pai, mas o fim desta guerra. Não podemos dar aos filisteus uma única aldeia ou campo. Devemos expulsá-los da terra ou nunca teremos paz.

– Chame seus homens e vá! – Saul lhe virou as costas. – Tenho outros planos para Davi.

\* \* \*

Semanas se passaram com algumas escaramuças menores, mas Jônatas não encontrou a multidão de filisteus relatada. Algo estava errado.

Ele voltou a Gibeá e soube que o pai havia ido para Ramá.

– Samuel o chamou?

– Não, meu senhor. O rei enviou homens a Naiot, em Ramá, para chamar Davi, mas ele não estava mais com Samuel.

Davi tinha estado com Samuel?

– Duas vezes mais o rei enviou homens, mas o Espírito do Senhor desceu sobre eles, que profetizaram na presença de Samuel. Então o rei foi pessoalmente. E o Espírito do Senhor também desceu sobre ele, e ele profetizou.

Acontecimentos estranhos, de fato, mas Jônatas agarrou-se à esperança. Talvez o pai tivesse se arrependido! *Que assim seja, Senhor! Que assim seja!*

\* \* \*

## O PRÍNCIPE

Jônatas levantou-se cedo para ler a Lei, depois saiu para praticar com seu arco. Davi saiu das rochas e o chamou. Jônatas correu para encontrá-lo.

– O que eu fiz, Jônatas? Qual é o meu crime?

Jônatas lembrou-se da visita de Mical à noite. Talvez ele a tivesse dispensado muito rapidamente.

– Do que você está falando?

– Como ofendi seu pai para ele estar tão determinado a me matar?

– Isso não é verdade! – Jônatas agarrou-lhe os braços. – Você não vai morrer!

– O rei tentou me prender na parede com a lança. Se não fosse Mical, eu estaria morto. Eu me escondi na pilha de pedras. Não consegui pensar em mais nada a não ser procurar Samuel e pedir-lhe ajuda. O rei enviou três grupos de homens atrás de mim e depois veio pessoalmente.

– E fez as pazes com Samuel. Ouvi dizer. Tudo está bem. Ele profetizou. Voltou para o Senhor!

O rei não via Samuel desde o desastre em Gilgal. Detestava a simples menção ao nome de Samuel. Tudo isso devia ter mudado!

Davi balançou a cabeça, angustiado.

– Estou fugindo por minha vida, Jônatas. Você é o único em quem posso confiar, a única esperança que tenho de descobrir por que o rei está tão determinado a me matar!

Jônatas percebeu que Davi tremia de exaustão e medo. Todo mundo estava ficando louco?

– Descanse. Aqui. Coma alguns grãos. – Tirou a bolsa do cinto. – Beba. – Deu-lhe o odre de água. – Tudo foi um mal-entendido. Olhe, meu pai sempre me diz tudo que vai fazer, até as pequenas coisas. Sei que não esconderia algo assim de mim. E não é só isso! Você sabe como ele é às vezes. Os humores dele passam. Uma lança atirada em um acesso de raiva não significa que o rei esteja planejando matá-lo. Por que faria tal coisa? Suas vitórias reúnem os exércitos de Deus. – Mas uma preocupação mesquinha tomou conta dele enquanto falava. *Que não seja assim, Senhor.* – Não! Não é verdade! – Ele se recusava a acreditar.

– Jônatas, seu pai sabe muito bem da nossa amizade e então pensou "Não vou contar a Jônatas. Por que magoá-lo?". Mas juro a você que estou apenas a um passo da morte! Juro pelo Senhor e por sua alma!

O medo de Davi era real. Ele devia estar errado.

– Diga-me o que posso fazer para ajudá-lo.

Davi olhou ao redor com um olhar de caça no rosto.

– Amanhã celebramos o festival da lua nova. Sempre comi com o rei nessa ocasião, mas amanhã vou me esconder no campo e ficar lá até a tarde do terceiro dia. Se seu pai perguntar onde estou, diga-lhe que pedi permissão para voltar para casa em Belém, para um sacrifício familiar anual. Se ele concordar, você saberá que está tudo bem. Mas, se ele ficar com raiva e perder a paciência, você saberá que ele está determinado a me matar. – Ele quase não conseguiu continuar, devido à emoção reprimida. – Mostre lealdade ao pacto solene que fizemos diante do Senhor ou me mate se eu pecar contra seu pai. Mas, por favor, não me entregue a ele!

– Nunca! – exclamou Jônatas. – Você sabe que, se eu tivesse a menor noção de que meu pai planejava matá-lo, teria lhe contado imediatamente.

Certamente Davi estava errado. Certamente Mical havia exagerado. O pai parecera normal na manhã seguinte quando falara com ele.

*Mas por que ele me mandou embora?*

E os relatórios estavam incorretos. Todo aquele tempo perdido. Ou aquele fora o motivo?

– Como vou saber se meu pai está bravo ou não?

– Venha para o campo comigo.

Atravessaram as colinas juntos. Passaram muitas horas ali, praticando com arco e lança, apostando corridas.

– Você acredita em mim, Jônatas?

– Não sei em que acreditar. – Ele se virou para Davi. – Mas posso lhe dizer isto: Prometo pelo Senhor, Deus de Israel, que amanhã a esta hora, ou no máximo no dia seguinte, falarei com meu pai e lhe direi imediatamente o que ele sente por você. Se ele falar favoravelmente sobre você, eu lhe direi. Mas, se estiver zangado e quiser matá-lo, que o Senhor me golpeie e até me mate se eu não o avisar para que você possa escapar e viver. – Ele apertou a mão de Davi. – Que o Senhor esteja com você como costumava estar com meu pai.

Jônatas sabia que Davi não tinha ambições de assumir o trono, mas não tinha tanta certeza quanto aos parentes dele. E se eles ambicionassem para Davi tanto quanto Quis e Abner tinham desejado para Saul? Os parentes de Davi – Joabe, Abisai e Asael – eram conhecidos por serem guerreiros astutos. E exortariam Davi a seguir os caminhos das nações vizinhas.

– E que você me trate com o amor fiel do Senhor enquanto eu viver. Mas, se eu morrer, trate minha família com esse amor fiel, mesmo quando o Senhor destruir todos os seus inimigos.

– Nunca romperei minha aliança com você, Jônatas. Serei seu amigo até meu último suspiro!

– E eu, seu. – Jônatas sentiu que havia algo mais em jogo, algo muito maior do que podia entender. Mas de uma coisa ele tinha certeza. O pai podia ter acessos de raiva, mas não era inimigo de Davi. No entanto, podia haver vários inimigos nas fileiras dos conselheiros do pai. Cobras prontas para atacar. – Que o Senhor destrua todos os seus inimigos, não importa quais sejam.

Jônatas tentou pensar em qual seria o lugar mais seguro para Davi se esconder até que pudesse ficar tranquilo a respeito de Saul.

– Como você disse, amanhã celebramos o festival da lua nova. Sua falta será notada quando seu lugar à mesa estiver vazio. – Jônatas se certificaria de que a disposição dos assentos não fosse alterada. Davi era insubstituível. – Depois de amanhã, ao cair da tarde, vá ao seu esconderijo anterior e espere ali junto à pilha de pedras. Vou sair e atirar três flechas em direção à pilha de pedras como se estivesse atirando em um alvo. Então enviarei um menino para recuperar as flechas. Se você me ouvir dizer a ele "Elas estão deste lado", você saberá que, tão certo quanto o Senhor vive, tudo está bem e não há problemas. Mas, se eu disser a ele "Vá mais longe. As flechas estão à sua frente", isso significa que você deve sair imediatamente, pois o Senhor está mandando você partir.

Davi agradeceu. Eles se abraçaram, e cada um tomou o seu caminho.

As estridentes palavras de advertência de Mical voltaram à mente de Jônatas. Poderia estar enganado sobre o amigo? Não. Não podia estar errado sobre Davi. Conhecia-o tão bem quanto a si mesmo. Mas não podia esquecer a profecia de Samuel. Deus havia arrancado o reino de Saul e o oferecido a outro. E, não muito depois dessa proclamação, Samuel fora para Belém. Saul enviara homens para interrogá-lo, e Samuel dissera que tinha ido oferecer um sacrifício. Mas por que lá? E agora, com o problema entre o pai e Davi, seu amigo corria em busca de Samuel.

*Davi é o escolhido, Senhor? Ou devo ser rei depois de meu pai?* Se Samuel tivesse ungido Davi em Belém, isso explicaria o comportamento selvagem do pai. Mas Samuel havia dito que tinha ido oferecer um sacrifício. Um profeta mentiria?

A tribo de Judá ainda podia cobiçar a coroa.

– Davi! – chamou Jônatas. Quando o amigo se virou, ele lhe disse: – E que o Senhor nos faça cumprir nossa promessa, pois Ele a testemunhou. – Contanto que fossem amigos verdadeiros, tudo poderia ficar bem, não importava o que acontecesse.

– Para todo o sempre! – disse Davi, levantando a mão.

Jônatas sorriu e acenou. A palavra de Davi foi suficiente. Era seu vínculo.

\* \* \*

Quando chegou o festival da lua nova, Jônatas sentou-se em seu lugar habitual, em frente ao pai. Saul segurava uma lança na mão. Abner sentou-se ao lado do rei, e eles sussurraram várias vezes. Ambos tinham uma visão total da sala e da entrada, e seus parentes sentavam-se nas melhores posições para proteger Saul.

O rei olhou para o assento vazio de Davi. A irritação cintilou em seu rosto, mas ele não disse nada sobre a ausência. Jônatas relaxou e comeu. As preocupações de Davi eram desnecessárias. Jônatas mal podia esperar para lhe contar. Ainda assim, devia esperar para ver se o rei diria alguma coisa sobre Davi no segundo dia.

# O príncipe

E o rei perguntou.

– Por que o filho de Jessé não veio para a refeição nem ontem nem hoje?

Algo no rosto do pai quando levantou a questão fez o suor brotar na nuca de Jônatas.

*Não. Davi não pode estar certo. Mical exagerou. O pai não tramaria um assassinato. Não podia!*

A sala ficou em silêncio. Jônatas olhou para os parentes.

– Davi me perguntou seriamente se poderia ir a Belém. – Ele olhou nos olhos do pai. *Não deixe que seja verdade, Senhor!* – Ele disse: "Por favor, deixe-me ir, pois teremos um sacrifício familiar. Meu irmão exigiu que eu estivesse lá. Então, por favor, deixe-me ir ver meus irmãos". É por isso que ele não está aqui, à mesa do rei.

Os olhos de Saul ficaram sinistros, cheios de maldade.

– Seu filho da puta estúpido!

Chocado, Jônatas ficou sem palavras. E então uma onda de raiva derramou-se em seu sangue. Sua mãe, prostituta?

– Acha que não sei que você quer que ele seja rei em seu lugar, trazendo vergonha a si mesmo e a sua mãe? – Com o rosto corado, as mãos cerradas e brancas, Saul o encarou, um músculo se contraindo perto do olho direito.

*É verdade! Tudo o que Davi disse é verdade! Deus, ajude-nos a todos!*

– Enquanto o filho de Jessé estiver vivo, você nunca será rei.

– Não é minha realeza que o preocupa.

– Agora vá buscá-lo para que eu possa matá-lo!

Jônatas se levantou.

– Mas por que ele deve ser morto? O que ele fez?

Gritando de raiva, Saul arremessou a lança contra Jônatas com toda a força. Jônatas quase não conseguiu evitar ser preso à parede. Os homens se alvoroçaram. Os servos fugiram. Os parentes gritaram. Atordoado e furioso, Jônatas correu para a porta.

– Sua luta não é com Davi ou comigo, pai. É com o Senhor nosso Deus!

E saiu da sala, rangendo os dentes de raiva.

Ao chegar em casa, ordenou que os servos saíssem, fechou todas as portas e deu vazão à sua ira. Segurando a cabeça, gritou de frustração. *Estou me tornando como meu pai? Senhor, não me deixe ser cativo do medo!* Ansiava por deixar Gibeá. Queria ficar o mais longe possível de Saul. Como pudera estar tão errado? Era possível passar tanto tempo com um homem e não saber o que se passava em sua mente?

*O que eu faço agora? O que é certo?*

Aproximou-se da lamparina e tirou a Lei de baixo da túnica.

*Deus me ajude. O que devo fazer?*

– *Seja santo como eu sou santo.*

– *Como, Senhor?*

Como negar ordens como a de honrar o pai...?

*Como honrar um homem que planeja assassinato, que se agarra ao poder como uma criança a um brinquedo, que ignora as necessidades de seu povo para satisfazer seus desejos de poder e posses? O que aconteceu com o pai que eu conhecia, o homem que não queria ser rei?*

– Mostre-me o caminho, Senhor! Ajude-me!

Suas mãos tremiam enquanto ele lia, pois as palavras que adorava ler agora o cortavam profundamente e faziam sua alma sangrar.

*Honre seu pai...*

Se ficasse do lado de Davi, desonraria o pai. Se ficasse do lado do pai, pecaria contra Deus.

Honra.

Verdade.

*Eu amo ambas!*

Sua alma estava angustiada.

*Você ungiu meu pai rei de Israel. Mas, se você escolheu Davi agora... a qual deles devo servir, Senhor?*

*Sirva-me.*

Lágrimas escorriam sobre o pergaminho. Ele as secou cuidadosamente para que não manchassem a palavra do Senhor. Enrolou o pergaminho, enfiou-o em seu invólucro e o colocou de volta dentro da túnica. Pegando seu arco e suas flechas, abriu a porta.

Ebenezer esperava do lado de fora.

– Vou com você.

– Não.

Jônatas saiu pela porta. Enquanto caminhava por Gibeá, meninos corriam ao lado dele. Escolheu um menino para acompanhá-lo.

– Vocês outros, voltem para dentro dos portões. – Olhou para o vigia acima dele. O homem lhe fez um aceno solene.

Saíram para os campos.

– Comece a correr, para que possa recolher as flechas que eu atirar.

– Sim, meu senhor.

O menino estufou de ansiedade e depois correu como uma gazela.

– A flecha está à sua frente! – Jônatas gritou. Davi o teria ouvido? Jônatas olhou para trás. E se o pai tivesse enviado homens para o vigiar? Poderiam capturar Davi, e então seu pai teria sangue inocente nas mãos.
– Rápido, rápido!

O menino correu mais rápido, recolhendo as flechas e correndo de volta.

A emoção tomou conta de Jônatas ao ver a cabeça de Davi erguer-se um pouco das rochas onde se escondia. Davi confiaria nele? Por que deveria confiar em alguém da casa de Saul? Jônatas colocou as flechas de volta na aljava e as entregou ao menino, assim como o arco.

– Vá. Leve-os de volta para a cidade.

Agora Davi podia ver que ele não tinha armas. E então caminhou lentamente em direção à pilha de pedras.

Davi saiu e caiu de joelhos, curvando-se e tocando três vezes o rosto no chão. A garganta de Jônatas se fechou.

– Levante-se, Davi. Não sou o rei.

Jônatas o abraçou, e se beijaram como irmãos. Jônatas chorou. Quanto tempo levaria para que se vissem novamente? Até que pudessem sentar-se à luz de lamparinas e ler a Lei juntos?

– Sei a verdade agora, Davi. Deus vai nos ajudar. Não é certo que isso tenha acontecido com você, mas o Senhor trará o bem de tudo isso. Estou convencido disso.

Davi chorou.

– Não posso voltar para a minha esposa. Não posso ir para casa, senão Saul pode pensar que todos na minha família são inimigos dele. Não posso procurar Samuel sem arriscar a vida dele. Para onde vou, Jônatas?

Lágrimas corriam pela face de Jônatas.

– Não sei, Davi. Tudo o que sei é que o Senhor não o abandonará. Confie no Senhor!

Davi soluçou.

Jônatas voltou a olhar para Gibeá. Não havia tempo. Os homens do pai podiam chegar a qualquer minuto.

O que o futuro lhes reservava?

Jônatas agarrou os braços de Davi e abraçou-o suavemente.

– Vá em paz, pois juramos lealdade um ao outro em nome do Senhor. O Senhor é testemunha de um vínculo que existirá entre nós e nossos filhos para sempre.

Davi parecia desolado. Sua boca se abriu, mas nenhuma palavra saiu.

Jônatas lutou contra a vergonha que sentia. Como o pai podia odiar Davi? Como não via a bondade nele, o desejo de servir ao Senhor com alegria e lutar ao lado de seu rei? Algum homem em Israel amara o Senhor como Davi amava? A tristeza o dominou.

– Vá! – Deu-lhe um empurrão. – Vá depressa, meu amigo, e que Deus vá com você!

Ainda chorando, Davi correu.

Com a garganta apertada e lágrimas escorrendo, Jônatas olhou para cima. Ergueu as mãos para o céu. Nenhuma palavra se ouviu. Não sabia o que pedir. Apenas se manteve de pé, com as pernas abertas, no meio dos campos do Senhor, e silenciosamente se rendeu a qualquer coisa que Deus fizesse.

# CINCO

Saul mandou que Jônatas fosse trazido à sua presença. O príncipe esperava ser executado por traição. Recusando-se a inclinar a cabeça, ele parou diante do pai e esperou.

O que poderia dizer? O rei não quis ouvir a verdade. *Minha vida está em suas mãos, Senhor. Faça o que quiser.*

– Sei de sua aliança com Davi! Você o incitou a ficar de tocaia à minha espera!

– Todo mundo sabe da minha amizade com Davi. Também sabe que ele nunca ficou de tocaia à sua espera, nem eu o traí. Ele é seu aliado mais forte e seu filho por casamento.

– Você é meu filho! Você me deve lealdade!

– E você a tem! Quem entre seus bajuladores lhe dirá a verdade, queira você ou não? – Jônatas estava tão zangado que estremeceu.

Os olhos de Saul piscaram. Ele se virou. Andou de um lado para o outro e depois se sentou.

– Eu não estava em mim quando joguei a lança em você. Com certeza, você deve saber que eu não iria matá-lo.

Jônatas não sabia se acreditava nele.

— Parece que não sei mais nada. — Muito menos o que estava no coração do pai.

* * *

Saul manteve Jônatas por perto, incluindo-o nas reuniões do conselho e quando ouvia os casos do povo sob a tamargueira. Relatos começaram a chegar: os pais de Davi agora viviam em Moab, sob a proteção de seu rei. Davi tinha ido para Gate. Com a notícia, o coração de Jônatas saltou. Poderia Davi enganar o rei Aquis, fazendo-o acreditar que havia dado as costas a Israel?

— Vê como Davi me trai? Ele corre para o nosso inimigo!

Abner sorriu sombriamente.

— O rei Aquis vai executá-lo. Golias não era apenas o herói da Filístia, mas o filho favorito de Gate.

Saul acenou com um pergaminho e o jogou no chão.

— Ele finge que é louco. Eles não vão tocar nele por medo de que ele seja possuído por um de seus deuses.

Jônatas baixou a cabeça para que nem o pai nem Abner vissem como ele estava excitado. Se Davi estava escondido em Gate, como diziam os relatórios, era por outro motivo que não para despertar a ira de Saul.

Ele descobriria como forjar armas de ferro!

* * *

Meses se passaram, e tudo estava calmo. Jônatas trabalhava para o pai e lhe oferecia bons conselhos quando solicitados. Saul afrouxou seu controle e deu mais liberdade ao filho. Jônatas continuou a estudar a Lei, mantendo-se a par do que estava acontecendo por meio de Ebenezer, agora um oficial de confiança no tribunal.

Um dia Ebenezer veio a Jônatas.

– Seu pai está furioso, meu senhor. Davi não está mais em Gate. Um dos homens de seu pai viu Davi com Aimeleque, sumo sacerdote em Nob. O rei se prepara para partir dentro de uma hora com um contingente de guerreiros.

Sabendo que qualquer coisa que pudesse dizer atiçaria a raiva do pai, Jônatas correu para Abner.

– Você deve dissuadir o rei dessa aventura. Nada de bom pode vir disso!

Abner pegou sua espada.

– Seu amigo pode não ser tão leal quanto você acredita. Todo homem tem ambições. Já ouviu falar do relatório de Doegue?

– Você vai confiar em Doegue, um edomita? Sabe como eles são. O homem é um encrenqueiro que diria qualquer coisa para obter o favor do rei.

– O rei estará esperando.

– Davi nunca levantará a mão contra o rei!

– Como pode ter tanta certeza?

– Porque eu o conheço! E a nação, também!

– Seu pai é o rei!

– Ninguém sabe disso melhor que Davi, nem mostrou ao rei mais honra e lealdade. Não desci àquele vale para lutar contra Golias. Nem você. E ainda assim Davi foi para Gate. Imagina por quê? Para aprender a fazer armas de ferro!

Abner parecia duvidar.

– Se é assim, por que ele não veio até Saul?

– E ser ferido com uma espada antes de poder abrir a boca?

– Preciso ir.

– Você faria mais bem ao rei Saul e ao nosso povo se dissesse a verdade a ele, em vez de segui-lo como uma ovelha!

Abner se virou, o rosto lívido.

– Talvez você devesse repensar suas alianças, Jônatas. Se Saul cair, você também cairá! Davi pode ser seu amigo, mas há em Judá quem ficaria feliz em vê-lo morto se isso colocasse Davi no trono! – E saiu pela porta.

– Abner! – Jônatas foi até ele. – Sei de sua lealdade e de seu coração feroz. Mas lembre-se: faça o que fizer, Deus o está observando. E Deus julgará suas ações. Lembre-se disso quando estiver em Nob.

\* \* \*

Cada vez que um mensageiro entrava na cidade, Jônatas temia a notícia. Ele orou para que Davi tivesse escapado; não queria saber da morte do amigo. Orou para que o pai se arrependesse e se afastasse de Nob, não querendo ouvir que ele havia insultado Aimeleque ou qualquer outro sacerdote de Nob. O povo parecia sentir a tensão, pois as disputas começaram, e Jônatas se viu atuando como mediador.

Jônatas não queria compartilhar suas preocupações com Ebenezer ou qualquer outro oficial, mas a mãe se revelou sua confidente.

– Não há nada que você possa fazer a não ser esperar, meu filho. Davi é apenas um homem com alguns seguidores. Pode mover-se mais rápido que seu pai e seu comboio de guerreiros. Davi ficará fora do alcance do rei.

– Só posso esperar que sim.

– Seu pai não vai desistir facilmente. A profecia de Samuel deu-lhe motivos para temer e suspeitar de qualquer homem que suba na escala do poder. Davi subiu às alturas com uma pedra e continuou crescendo em popularidade a cada vitória.

– Deus deu a ele esse sucesso, mãe.

– Sim, e isso aumenta a frustração de seu pai. Não preciso lembrá-lo de que seu futuro também está em jogo, Jônatas.

– Meu futuro está nas mãos de Deus, mãe. Ele é soberano.

– Você deve governar na ausência do rei, Jônatas. Quer Saul perceba, quer não, ele nos deixou vulneráveis aos nossos inimigos.

Ninguém sabia disso melhor do que Jônatas.

– Gibeá está bem protegida.

Ele já havia enviado uma mensagem aos postos avançados para vigiar atentamente qualquer movimento dos filisteus.

## O PRÍNCIPE

– Você não pode delegar tarefas para os oficiais que seu pai deixou para trás. Quem são eles? Você é o filho mais velho do rei. O povo o respeita. Você lutou bravamente, e Deus tem estado com você. Você é honesto, corajoso e ousado.

– Você me faz corar com seus elogios.

– Não falo apenas com o orgulho de mãe. Você tem nobreza de coração, meu filho. – Ela colocou a mão no braço dele. – Se alguma coisa acontecer com seu pai, você governará, queira ou não. – Os olhos dela brilhavam. – E então Israel saberá o que é ter um rei verdadeiramente grande!

– Mãe, tivemos o maior rei de toda a terra. O Senhor Deus de Israel era nosso rei. E ele rejeitou Saul. Não coloque sua esperança em mim, mãe. Não haverá dinastia.

Ela balançou a cabeça.

– Jônatas, Jônatas. – Os olhos dela ficaram úmidos. – O Senhor rejeitou seu pai, e não *você*.

\* \* \*

Um mensageiro chegou pálido e coberto de suor.

– Venho de Nob. – Ele tremia. – Aimeleque está morto! Assim como todos os membros da família dele e todos os sacerdotes de Nob.

Jônatas deu um salto

– Os filisteus atacaram?

– Não, meu senhor. – Ele baixou a cabeça para o chão e não a levantou mais. – O rei ordenou que Aimeleque e toda a família dele fossem mortos. E depois, todos os sacerdotes do Senhor.

– Não! – Jônatas estremeceu violentamente. – Não pode ser. Não! Saul não podia. Abner não! Ninguém ousaria cometer tal pecado contra Deus!

– Abner e os homens dele não, meu senhor. Eles se recusaram a obedecer à ordem do rei, mas Doegue foi em frente. Matou oitenta e cinco homens, que ainda usavam suas vestes sacerdotais! E então Doegue usou a espada contra as famílias dos sacerdotes, até mesmo contra mulheres, crianças e bebês. Até as crianças, o gado, os jumentos e as ovelhas. Matou tudo o que respirava em Nob!

Jônatas gritou e rasgou seu manto. Caiu de joelhos, batendo nas coxas. A ira e o desespero o dominaram. Doegue, aquele malfeitor, tinha desonrado o povo de Deus! Quem senão um edomita ousaria levantar a espada contra os sacerdotes e suas famílias? Quem cederia à ordem louca de um rei e realizaria tanto mal?

Seu pai viveria para se arrepender disso. Isso iria assombrá-lo mais do que a perda da coroa e da dinastia. Isso o atormentaria até seu último suspiro.

Em uma agonia de vergonha pelo que o pai havia ordenado, Jônatas ergueu os braços ao céu.

– Que o rosto do Senhor se volte contra Doegue! Que o Senhor elimine a memória dele da terra! Que seus filhos fiquem órfãos, e sua esposa, viúva! Que seus descendentes sejam eliminados e seus nomes apagados da próxima geração!

Enquanto as maldições saíam de sua garganta, Jônatas se perguntava como ainda podia amar e servir ao rei que ordenara tal atrocidade. *Como posso honrar esse homem? Tenho vergonha do sangue que corre em minhas veias!*

A Lei partiu seu coração e queimou sua alma. Não dizia que o pai tinha de ser honrado?

– Deus!!

Que esperança de misericórdia poderia existir agora? Que esperança de perdão haveria para um rei que mata sacerdotes? Que esperança haveria para o seu povo?

\* \* \*

O rei Saul voltou a Gibeá na calada da noite e saiu na manhã seguinte, como de costume, para chefiar o tribunal.

Abner parecia anos mais velho.

– O povo agora teme Saul. Ele o teme mais do que ama Davi.

– É ao Senhor que eles devem temer. – Jônatas se virou. Não suportava olhar para o pai. Ainda não. Entrou em reclusão. Leu a Lei até não conseguir mais manter os olhos abertos e dormiu com o pergaminho na mão.

Espiões relataram que Davi tinha ido para uma grande e defensável caverna em Adulão. Seus irmãos e toda a casa de seu pai desceram até ali. Outros se juntaram a ele quando souberam do que Saul havia feito aos sacerdotes de Nob e suas famílias. Alguns devedores e descontentes, homens violentos e invasores, se juntaram a Davi. Até mesmo uma tribo inteira, a dos gaditas, desertou e se juntou a Davi.

Jônatas orava incessantemente para que Davi se mantivesse firme em sua fé em Deus e fizesse o que era certo em todas as circunstâncias, não importava o que Saul tentasse fazer ou outros pudessem aconselhá-lo.

*Mantenha Davi forte no poder de sua força, Senhor. Senão, como ele impedirá que esses homens se tornem piores do que os filisteus? Deus, use esse tempo para treinar Davi na fé. Dê-lhe sabedoria e coragem para suportar! Não importa o que meu pai faça, mantenha Davi fiel e dentro dos limites da Sua Lei perfeita! Senhor, que ele nunca peque contra você!*

Saul se enfureceu.

– Meus inimigos aumentam a cada dia que passa!

Quando alguns benjamitas desertaram para Davi, Saul ficou com mais medo do que nunca. Chamava Jônatas todas as manhãs e o mantinha por perto. Sua própria tribo estava prestes a se voltar contra ele?

– Você não vai me abandonar, vai? Você é meu filho, herdeiro do meu trono. Você e Abner são os únicos em quem posso confiar!

Jônatas teve pena dele.

Malquisua e Abinadabe, agora guerreiros, ficaram perto do rei. Embora fossem seus irmãos, Jônatas não sentia verdadeira proximidade com eles, não como tinha com Davi. Eles viam Deus como seu inimigo e temiam Seu julgamento. Ele os incentivou a estudar a Lei, mas eles "não tinham tempo para tais empenhos". Estavam ansiosos para trazer glória a Saul e a si mesmos na batalha, falhando, como o pai, em compreender a verdade: a vitória vinha do Senhor!

E a mãe de Jônatas estava morrendo, a vergonha corroendo sua vida. Não desejava mais viver e se trancou longe de todos, exceto de Jônatas.

– Estou feliz que ele tenha Rispá. Pois, se me chamasse, eu mandaria dizer que nunca mais quero vê-lo!

Jônatas a via todos os dias em que estava em casa. Então, foi enviado para destruir os invasores filisteus. Quando voltou, a mãe estava morta. Se ela morreu por suas próprias mãos, ele nunca soube. Nem perguntou. Saul lamentou.

– Sua mãe queria que você se casasse, Jônatas. E você deve fazer isso.

Jônatas não queria que o rei escolhesse sua noiva. Não tomaria uma idólatra por esposa, nem ninguém fora da tribo de Benjamim. Ela deveria ser virgem e uma mulher de fé. Sabia que a mãe havia escolhido alguém que satisfazia seus critérios. Raquel era da tribo de Benjamim e uma mulher de excelência. Não era fascinada por ídolos e adivinhações, ou por joias e entretenimentos, como Mical e tantas outras.

– Vou me casar com Raquel, pai.

– Raquel? Quem é Raquel?

– Ela cuidou da mãe nos últimos dois anos. – Evidentemente, o rei não se incomodara em visitar sua rainha. – E parente, por parte de mãe.

– Sua mãe veio de uma longa linhagem de fazendeiros.

– Assim como nós, antes de você se tornar rei. E mais felizes então do que agora.

Os olhos de Saul se estreitaram.

– Podemos encontrar uma esposa muito mais adequada para você do que a filha de um pobre fazendeiro. Afinal, você é o príncipe herdeiro. Um dia, você será rei.

Jônatas estava cansado da insistência do pai para que seu casamento fosse usado para forjar uma aliança militar. Mas ele se casaria de acordo com a Lei e para agradar ao Senhor, não ao pai.

— A Lei é clara, pai, e eu não arriscaria incorrer mais na ira de Deus sobre nossa casa me casando com alguém de fora da tribo de Benjamim.

Saul franziu a testa.

— Suponho que esteja certo. — Ele sorriu. — O pai dela ficará satisfeito com a união. O preço da noiva pode ser dispensado com bastante facilidade. Um ano de isenção de impostos deve ser suficiente.

— Espero que você seja mais generoso do que isso, meu senhor.

— Dois anos, então. Isso é mais do que generoso.

Jônatas teve dificuldade de manter a calma.

— Quantos anos de isenção você deu à família de Rispá?

Saul olhou para ele, e seu rosto estava avermelhado.

— Você se atreve a me criticar?

Quanto mais rico o pai ficava, mais apertava a bolsa. Enquanto o povo se sacrificava para pagar impostos a fim de manter o exército de Saul equipado e pago, o rei não abria mão de seus prazeres. Em vez disso, aumentou e distribuiu presentes e subsídios entre seus assessores, conselheiros e oficiais superiores. Esperava comprar lealdade? *Os luxos humanos nunca eram satisfatórios!*

Furioso, Jônatas não desviou o olhar do pai.

— Certamente o rei Saul pode ser tão generoso com a família da futura princesa do reino quanto foi com a família de sua concubina.

Saul projetou o queixo quando respondeu.

— Muito bem. Faça como quiser. O preço real para uma noiva humilde.

Tenso de raiva, Jônatas curvou-se.

— Obrigado, meu senhor. Que sua generosidade seja recompensada cem vezes mais — ele disse, sem conseguir esconder o sarcasmo de sua voz.

— Tenho três outros filhos que precisam de esposa. Duvido que eles sejam tão difíceis de agradar quanto você.

— Sem dúvida.

E mais leis seriam infringidas, aumentando os pecados que já enegreciam o reinado de Saul.

\* \* \*

Com o rosto coberto por um véu e sentada em uma plataforma, Raquel foi levada a Jônatas através da multidão. Desatento ao costume, ele a ergueu e pegou sua mão, que estava fria e tremia na dele.

— Não precisa ter medo de mim — ele sussurrou ao ouvido dela, enquanto o povo ao redor ria e gritava bênçãos.

Depois de casado, ele levantou o véu e olhou nos olhos arregalados e inocentes que brilhavam com lágrimas de felicidade.

Quando ficaram sozinhos, Jônatas se viu com mais medo dela do que de qualquer homem que já enfrentara em batalha. Teve vontade de rir. Como era possível que tivesse sido capaz de escalar um penhasco e derrotar um exército de filisteus, e estar tremendo diante daquela jovem linda e frágil? Usou toda a sua coragem para se curvar e beijá-la. Quando ela aceitou facilmente seu abraço e pressionou o corpo contra o dele, ele se sentiu arrebatado. O doce sabor dela o elevou aos céus.

A festa do casamento durou uma semana. O povo dançava e cantava. Jônatas desejou que a mãe tivesse vivido para ver a realização de suas esperanças.

Como melhor amigo de Jônatas, Ebenezer garantiu que houvesse muita comida e vinho para todos. Mas ele não era Davi. Davi teria escrito e cantado uma música no casamento.

Jônatas sentia muito a falta do amigo! Com centenas de pessoas celebrando seu casamento e uma bela e jovem esposa ao seu lado, nunca se sentiu tão solitário.

\* \* \*

Deus havia ordenado que um homem recém-casado não tivesse trabalho por um ano para poder fazer a noiva feliz, mas Jônatas e Raquel não deveriam ter esse prazer.

Como Davi estava em Queila, lutando contra os filisteus que saqueavam as eiras, Saul viu uma oportunidade à qual não pôde resistir.

— Deus o entregou a mim! Davi se aprisionou em uma cidade com muralhas e portões!

## O PRÍNCIPE

Assim, convocou seu exército para a batalha e deixou Jônatas administrando os assuntos do reino em sua ausência.

Depois de todo esse tempo, Jônatas não se desgastava mais tentando dissuadir o pai de perseguir Davi. Deus protegeria Davi. Jônatas se empenhou em manter as tribos unidas e fortalecê-las contra os filisteus. Todas as manhãs, levantava-se antes do amanhecer para orar e ler a Lei. Só depois disso saía para administrar justiça ao povo. Confiava pouco aos conselheiros do pai, que mudavam de ideia a cada discussão. As decisões precisavam refletir a Lei que ele mantinha junto ao coração. Os julgamentos deviam ser feitos em reverente temor ao Senhor.

Um fluxo constante de mensageiros manteve Jônatas informado sobre o que acontecia em outros lugares. Davi tinha escapado de Queila e agora estava escondido. Jônatas fez oferendas em ação de graças.

O que o rei ordenou em Nob assombrou Jônatas.

– Preserve meu pai de derramar mais sangue inocente, Senhor. Proteja Davi. Que seu amor e sua justiça cresçam, para que todos os homens vejam suas boas obras e glorifiquem o Senhor!

Governar para um rei ausente era um trabalho exaustivo. Jônatas amava Raquel, mas tinha pouco tempo para ela. Sua paixão era dedicada ao Senhor e a Israel.

De pé ou sentado, andando ou praticando com o arco, ou mesmo estendido na cama, Jônatas falava com o Senhor, sua mente cheia de esperança e possibilidades de que os homens voltassem seus corações totalmente para Deus. *Senhor, você me criou para um tempo como este. Ajude-me a honrar meu pai e a servir ao seu povo. Sou seu servo! Dê-me o bom senso de seguir seus mandamentos e ensinar o povo a fazer o mesmo!*

Como ansiava falar com Davi! Imaginava as campanhas que poderiam planejar contra os filisteus! Se as coisas tivessem sido diferentes! Muitas vezes, lembrava como era falar com Davi sobre o Senhor, sobre as batalhas que tinham travado juntos, sobre o futuro de Israel, doze tribos unidas sob um rei. Quantos anos haviam se passado desde que vira o amigo pela última vez?

Ebenezer anunciou outro mensageiro.

– Não o conheço, meu senhor. É um hitita.

– Vou ouvir o que ele tem a dizer.

Ebenezer voltou com um estranho. O homem fez uma reverência, que mais pareceu uma zombaria do que um ato de respeito.

– Sou Urias e fui enviado com uma mensagem importante para o príncipe.

Ele tinha a aparência grosseira de um bandido, ainda empoeirado da viagem difícil. Não se preocupara em se lavar ou trocar de roupa antes de entregar sua mensagem.

– E qual é sua mensagem?

– Trouxe-lhe um presente.

Ele tirou algo da bolsa. Jônatas reconheceu as listras de Judá no tecido que envolvia o presente.

– Saiam! – ordenou aos guardas.

– Meu Senhor... – protestou Ebenezer, mantendo o olhar fixo no hitita zombeteiro.

Jônatas forçou uma risada.

– Ele é apenas um homem, e estou bem armado. Faça o que eu digo.

Ebenezer deixou a câmara.

Jônatas atravessou a sala e pegou o pequeno pacote. Desembrulhou-o e encontrou um pergaminho. Leu-o rapidamente, e um sorriso aflorou em seus lábios. Um salmo de louvor e esperança. Seus olhos umedeceram.

– Vou lê-lo novamente para minha esposa. Ela ficará feliz. – Seu coração estava tão alegre que ele poderia até cantar. Não, isso seria um erro. Ele sorriu novamente, com o coração aliviado. Enrolou o pergaminho e o enfiou embaixo do peitoral. – Por favor, diga ao meu amigo que estou muito honrado com o presente.

O hitita ficou em silêncio, estudando-o.

– Você deve comer e descansar antes de voltar. Vou providenciar para que tenha aposentos seguros. Está sob minha proteção até sair. Entendeu?

Urias curvou-se formalmente dessa vez.

## O PRÍNCIPE

Jônatas queria notícias.

– Como está nosso amigo?

– Como qualquer homem estaria nessas circunstâncias? Ele é inocente e, apesar disso, está sendo perseguido por um rei e um exército determinado a matá-lo.

Jônatas sentiu uma pontada aguda de culpa pelas ações do pai.

– Oro para que meu amigo tenha homens de confiança ao seu redor.

– Mais a cada dia, e qualquer um deles disposto a morrer para proteger sua vida.

– Bom.

Os olhos de Urias piscaram de surpresa.

Jônatas olhou-o diretamente.

– Que o Senhor continue a protegê-lo.

Urias baixou a cabeça.

– E ao senhor também, príncipe.

– Você não respondeu à minha pergunta.

O hitita olhou para ele.

– Nem irei responder.

– Onde ele está?

– Bem escondido das mãos que lhe tirariam a vida.

Não havia razão para Urias confiar no filho de Saul, que perseguia Davi por ciúmes. Nem lhe importava que Jônatas tivesse feito tudo o que podia para dissuadir o pai de sua louca perseguição. Mesmo que pudesse explicar, levaria muito tempo.

– Desejo vê-lo.

– Ele gostaria da visita de um amigo de confiança.

Jônatas sorriu, decidido.

– Então eu irei.

– O quê?

– Vou voltar com você para o acampamento dele.

– Isso seria imprudente. Você correria mais riscos que ele. – Ele balançou a cabeça. – Nem mesmo posso garantir sua segurança até lá.

– De qualquer modo, vou com você. – Jônatas aconselhou o hitita a acampar no campo ao lado da pilha de pedras e deu-lhe dois *shekels*. – Compre o que for necessário no mercado e certifique-se de que os guardas no portão o vejam sair.

Depois que o hitita foi embora, Jônatas convocou Ebenezer e lhe disse que ele deveria se afastar do serviço do rei.

– Eu poderia ir com você.

– Sei que você iria, mas não vai. – Jônatas colocou a mão no ombro de Ebenezer. – Você é necessário aqui.

– Que o Senhor esteja com você.

– E com você, também.

Urias o esperava na pilha de pedras montado em um garanhão filisteu. Jônatas ficou impressionado.

– Que boa montaria você tem.

Urias sorriu e conduziu o cavalo até a montaria de Jônatas.

– Tomamos vários cavalos dos filisteus. Talvez meu mestre lhe dê um.

E como Jônatas explicaria ao pai tal presente?

– Você está sozinho com um dos servos de Davi. Não tem medo?

Jônatas olhou nos olhos do hitita.

– Viajo sob a proteção de nosso amigo em comum. Davi não o enviou para me assassinar.

– E também não me disse para levar você de volta.

– É possível. Mas não acredito que o Senhor Deus, que me levou a derrotar um exército filisteu em Micmás, me deixaria cair para um único hitita! – Ele descansou uma mão no punho da espada. – Seu comportamento me diz que Davi precisa de encorajamento.

Urias riu friamente.

– Pode-se dizer que sim.

– Então vamos!

Contornaram Belém a caminho do sul. Era melhor evitar as pessoas sempre que possível, para que ninguém fosse contar ao rei. Cavalgaram pelas montanhas em direção ao deserto. Davi e seus homens estavam em Zife.

– E a você também, meu senhor.

O hitita os deixou sozinhos.

Davi parecia doente de apreensão.

– Você não deveria ter vindo. – Ele olhou ao redor incisivamente. – Está ansioso para morrer?

– Isso é jeito de cumprimentar um amigo?

Eles se abraçaram. Jônatas riu.

– Já faz muito tempo, meu amigo. – Tantos anos haviam se passado desde a última vez que se viram. – Você tem um exército agora.

– Seu pai um dia vai me alcançar. Mais cedo ou mais tarde, vai me caçar e me prender em alguma caverna úmida. Ele tem três mil homens, os melhores guerreiros de Israel. E eu tenho apenas seiscentos.

– Trouxe uma coisa para você. – Jônatas enfiou a mão no peitoral.

– Minha funda! – Davi a pegou e levantou a cabeça. – Mas eu a dei a você como presente.

– Sim, e eu a estou devolvendo. Você se lembra da última vez que a usou?

– No dia em que matei Golias.

– Você não estava com medo naquele dia, e sua coragem reuniu todos os israelitas que testemunharam o que você fez. O Senhor nos deu a vitória.

– Eu era um menino na época, correndo para a batalha na crença de que o Senhor estava comigo.

– E estava.

– O Senhor me abandonou.

Jônatas entendia agora por que se sentira impelido a ver Davi.

– Ah, meu amigo, o Senhor não o abandonou. E é melhor ser um jovem pobre, mas sábio, do que um rei velho e tolo que recusa todos os conselhos. – Ele sorriu tristemente. – Tal jovem pode ter vindo das pastagens de ovelhas e ter sucesso. Pode até se tornar rei, embora tenha nascido na pobreza. Todos estão ansiosos para ajudar esse jovem, até mesmo para ajudá-lo a assumir o trono.

Davi olhou para ele.

– Você sabe que não quero o trono!

## O príncipe

Um alarme soou muito antes de eles chegarem ao acampamento. Homens saíram armados e prontos para lutar, mas pararam, observando Jônatas enquanto cavalgava no meio deles. Jônatas reconheceu alguns deles, homens descontentes, desiludidos e desafiadores que haviam desertado das aldeias de Benjamim.

– Urias fez o filho de Saul refém!

Os homens aplaudiram, brandindo armas. Seus rostos eram duros, cautelosos.

– Ele não é refém! – Urias gritou, sacando a espada. – Ele é o convidado de Davi. Afastem-se!

Joab, sobrinho de Davi e alguns anos mais velho que ele, estava à frente dos demais. Girava uma faca filisteia para cima e para baixo na mão.

– Saudações, Jônatas, filho do rei Saul – ele disse, sem se dirigir a ele com "meu senhor, o príncipe".

Seu tom deixou Jônatas irritado. Apeando do cavalo, ele deslizou para o chão. Não viraria as costas para Joab.

– Estou sob a proteção de meu amigo Davi.

– Ele pediu para falar com você?

– *Jônatas!*

Passando por Joab, Jônatas sorriu em saudação. Com o rosto tenso, Davi caminhou em direção a ele.

– Voltem! Fiquem longe dele! – Os homens se moveram ao comando de Davi. Ele encarou Joab. – O príncipe é meu convidado! Cuide para que os homens se ocupem adequadamente.

– Sim, meu senhor – disse Joab, curvando-se. Seus olhos escuros encararam Jônatas, mas ele logo se virou e gritou que os outros cuidassem de suas tarefas.

Davi se voltou contra Urias.

– Eu lhe disse para entregar um presente de casamento ao príncipe Jônatas, e não para trazê-lo cativo!

– Vim por vontade própria, Davi. Se Urias não tivesse concordado em me trazer, eu o teria seguido. – Ele estendeu a mão para Urias. – Que o Senhor o abençoe por sua bondade para comigo.

## O PRÍNCIPE

– Muito tempo atrás, meu pai também não queria. Agora ele se agarra ao trono com todas as fibras de sua força e domina o povo de Deus com um chicote.

– Por que você está me dizendo essas coisas?

Jônatas queria dizer mais, mas não queria falar diante dos homens de Davi e plantar pensamentos de rebelião. Uma coisa era fugir de um rei, outra era correr atrás dele.

– Podemos deixar seu acampamento e caminhar um pouco? Sozinhos?

Davi deu ordens aos guardas, que não ficaram satisfeitos quando se afastaram, mas mantiveram distância.

– O que devo fazer, Jônatas? Você sabe que nunca fiz nada contra o rei. – Lágrimas rolaram. – Eu o servi com tudo o que tinha. E ainda assim ele me odeia! Ele me caça como a um animal! Aonde quer que eu vá, alguém me trai e manda um recado para Saul. Buscam recompensa pela minha vida. E devo viver com homens que vivem pela violência, homens nos quais mal confio.

Jônatas se lembrou do pai enquanto ouvia a explosão de Davi. Tempestuosa. Cheia de medo. *Ajude-o, Senhor.*

– Não tenha medo, Davi. Confie no Senhor e no poder de sua força para protegê-lo. Meu pai nunca vai encontrá-lo!

– Como pode ter tanta certeza?

Era hora de falar o que sabia em seu coração.

– Samuel não o ungiu rei anos atrás, em Belém?

A cor surgiu nas faces de Davi.

– Como soube disso?

– Era óbvio que você era um servo de Deus na primeira vez que o ouvi cantar na casa de meu pai. E quando desceu para enfrentar Golias, e todas as vezes que lutou contra os inimigos do Senhor. Quando nos sentamos e estudamos a Lei juntos, eu sabia que você era um homem segundo o coração de Deus. Você vai ser o rei de Israel, e estarei ao seu lado, como meu pai, Saul, bem sabe. O Senhor é a nossa rocha. É o seu libertador. – Ele deu uma risada suave. – Que pena que eu não possa tocar harpa e cantar canções que o encham de esperança.

Jônatas abriu os braços.

– Passei horas... dias... pensando no que você está passando, consumido pela culpa porque é meu pai que lhe causa problemas. E devo acreditar que as batalhas que você está enfrentando agora não vêm de Deus?

– Então onde Ele está?

– O Senhor cuida de você, Davi. Ele o vê ir e voltar. Ele o está treinando para um propósito mais elevado. Meu pai, mesmo agora, está tendo oportunidades de se arrepender, e me entristece ver o coração dele ficar mais duro a cada teste que ele enfrenta.

Ele fez uma pausa. Davi pôs a mão em seu braço. Jônatas engoliu em seco.

– Que seu coração amoleça como terra rica e arada na qual Deus plantou sementes de verdade e sabedoria. – Ele falava com convicção. – Deus não o abandonou, Davi, nem o fará. Não enquanto você se apegar a ele e andar, ou correr, em seus caminhos.

Davi relaxou. Seus músculos afrouxaram, e ele sorriu levemente.

– Senti sua falta, Jônatas. Senti falta do seu conselho.

A garganta de Jônatas se fechou.

Davi olhou para seu acampamento.

– Você vê o tipo de homens que eu comando. Fugitivos. Descontentes. Homens inclinados à violência. Odeio viver assim!

– Se você puder governar tais homens e voltar seus corações para Deus, que rei você será!

Davi manteve o rosto virado.

– Eles me incitam a revidar, matar seu pai e destruir a casa de Saul.

Era o costume das nações vizinhas.

Jônatas falou com cuidado.

– Deus ungiu meu pai rei, mas ungiu você também. O que diz a Lei?

Davi ficou pensativo e fechou os olhos.

– Não se deve matar.

– Então, o que isso lhe diz?

– Que devo esperar.

– E ensinar seus homens a esperar no Senhor também. – Jônatas foi até Davi e ficou com ele, olhando para o deserto. – Ninguém pode verdadeiramente liderar os homens até que aprenda a seguir a Deus.

Davi sorriu com tristeza.

– Nunca pensei que seria tão difícil.

Jônatas colocou a mão no ombro de Davi.

– Faça o que você sabe que é certo, o que conversamos todas aquelas noites em que lemos a Lei juntos há tantos anos. Não retribua o mal com o mal. Não revide quando meu pai e aqueles que o seguem disserem mentiras sobre você. Faça o bem para o povo. Isso é o que Deus quer que você faça, não importa quais sejam suas circunstâncias.

– Você vê como eu vivo. Da mão à boca. Fugindo, sempre fugindo.

Jônatas chorou.

– Só posso dizer o que sei. Os olhos do Senhor vigiam aqueles que fazem o que é certo, e seus ouvidos estão sempre abertos às suas orações. O Senhor desvia o rosto do mal. Tenho observado como Deus se afastou de meu pai porque ele o rejeitou. A Lei me diz para honrar meu pai. Não diz para honrá-lo apenas se ele for honrado. – A tristeza às vezes o levava ao desespero. – Ando por um caminho estreito, Davi, entre um rei cujo coração fica mais duro a cada ano que passa e um amigo que será rei. Mas vou continuar com isso em obediência ao Senhor. Um homem que vive pela própria luz e se aquece com o próprio fogo um dia se deitará em tormento eterno. Essa é a vida que meu pai leva, Davi, vendo inimigos onde não há, faminto e sedento da palavra de Deus sem nem mesmo saber disso. Todos os seus atos de desobediência aumentam a distância entre ele e aquele que pode lhe dar paz: o Senhor! – Jônatas ergueu as mãos para o céu, angustiado. – Senhor, não quero seguir meu pai. Anseio seguir você, estar onde você está. Você não deseja zelosamente que seu povo seja fiel? Certamente você nos oferece a força de que precisamos para manter a fé. Dê-nos força!

Davi olhou para ele com os olhos inundados.

– Eu não tinha pensado como isso deve ser para você.

Os ombros de Jônatas relaxaram.

– Você teve outras coisas em mente. Sobreviver, por exemplo.

– Mas e você, Jônatas? Você é o príncipe de Israel, herdeiro do trono de seu pai.

– Não cometa o mesmo erro que meu pai cometeu. Não é o trono de meu pai. É o trono de Deus para dar a quem Ele escolher. E o Senhor enviou Samuel para ungir você como o próximo rei de Israel. – Ele queria que Davi entendesse. – Amo meu pai, Davi, mas não tenho orgulho dele. Quando ouvi o que ele ordenou em Nob, fiquei com vergonha do sangue que corre em minhas veias.

Davi falou, passando rápido pelas palavras.

– Foi minha culpa o que aconteceu, Jônatas. Eu vi Doegue. Se tivesse matado aquele edomita, nenhum daqueles sacerdotes teria morrido. Suas esposas e filhos ainda viveriam. – Ele acenou com a cabeça em direção ao acampamento. – O filho de Aimeleque, Abiatar, está conosco e sob nossa proteção.

– Meu pai deu a ordem. O que Saul faz em nome de seu reinado faz meus ossos doerem de vergonha. – Ele baixou a cabeça e lutou contra suas emoções. – Oro incessantemente para que meu pai se arrependa. Nós dois saberíamos se isso acontecesse. Ele removeria a coroa de sua cabeça e a colocaria na sua.

Quão diferente Israel seria se seu pai voltasse para o Senhor!

*Se apenas, Senhor. Se apenas...*

– Você veio de longe para me ver, meu amigo – disse Davi serenamente, a voz rouca de emoção. – Venha comer. E descanse.

– Vim para lhe dar ânimo.

– Vamos encorajar um ao outro. – Davi deu-lhe um tapa nas costas enquanto voltavam para o acampamento. – Cantaremos canções de libertação ao nosso Deus. Juntos louvaremos o Senhor. – Ele sorriu. – Faremos um alarido de júbilo diante do Senhor.

Jônatas riu. Ali estava o Davi de quem ele se lembrava e que tanto amava, o amigo mais próximo que um irmão.

Eles comemoraram até tarde da noite.

E os homens de Davi assistiram, maravilhados.

* * *

Quando Jônatas acordou, viu Davi estendido na entrada da tenda. Ele se sentou, e Davi despertou, alcançando a espada ao seu lado.

– Estamos seguros, Davi. Tudo está bem. – E então ocorreu a Jônatas o que Davi estava fazendo. – Sou um cordeiro cujo sono você deve vigiar na porta do aprisco?

– Meus homens...

– Não precisa explicar. – Ele deu a Davi um aceno de cabeça e sorriu. – Estou honrado por ter o comandante de um exército como meu guarda pessoal.

Davi pediu a um servo para lhes trazer comida. Almoçaram juntos.

– Você come bem.

Davi deu de ombros.

– Há quem seja bom para nós.

– Cuidado em quem confia. Embora tenha livrado Queila dos invasores, eles estavam ansiosos para entregá-lo a Saul.

Davi assentiu, pensativo.

– Como está Mical?

Jônatas sentiu o calor subir pelo rosto. Mical era como os de Queila. Inconstante e superficial, não tinha nada de bom a dizer sobre Davi. Jônatas balançou a cabeça.

– Ela está bem e mora sozinha. – Ele não queria falar contra a irmã.

Davi parecia sombrio.

– Aqui não é lugar para uma mulher como Mical. Estamos sempre em fuga.

– Um dia você vai voltar para casa, Davi.

– Por enquanto, devo viver no deserto.

– Lembre-se da nossa história. O deserto é um lugar sagrado para o nosso povo. Deus nos chamou para o deserto. Foi no deserto que Deus encontrou nossos antepassados, e, assim, viajou com eles. Foi no deserto que Deus realizou seus grandes milagres.

– É um lugar estéril, difícil, onde cada dia é um desafio para o corpo e a alma.

– O deserto refinou a fé de nossos antepassados e os preparou para entrar na Terra Prometida. É no deserto que você aprenderá que Deus é soberano. O Senhor suprirá suas necessidades. Treinará você como treinou Josué e Calebe. Deus os preparou para a batalha e lhes deu a vitória. Certamente, a voz de Deus é ouvida mais facilmente aqui no silêncio do que na cacofonia da corte de um rei.

Davi sorriu.

– E ainda assim você faria de mim um rei.

– Só grandes homens como Moisés têm a sabedoria de seguir os passos de Deus. – Jônatas se levantou. – É hora de eu voltar para Gibeá.

Davi o ajudou com seu peitoral.

Jônatas amarrou sua espada. A dor brotou nele quando ele olhou para o rosto de Davi.

– O rei me deixou no comando do reino enquanto ele... – Não conseguia falar. Quantos anos se passariam antes que ele visse o amigo novamente?

– Fique comigo, Jônatas!

– Não posso. Mas nunca vou levantar a mão contra você. Farei tudo o que puder para guardar o reino e ensinar o povo a reverenciar os profetas e obedecer à Lei. – Ele abraçou Davi. – Preciso ir.

Saíram juntos, e Jônatas enfrentou os homens de Davi. Viu a morte no rosto deles, uma ânsia de conquistar. Jônatas virou-se para Davi, e eles apertaram-se as mãos.

– Se alguma coisa acontecer comigo, Davi, proteja minha esposa e meus filhos.

– Você tem um filho?

– Ainda não, mas, se Deus quiser, espero ter tantos quanto são as flechas na minha aljava.

– Que o Senhor o abençoe. Tem minha palavra, Jônatas. Protegerei sua esposa e seus filhos.

Jônatas curvou-se como faria para o rei.

Urias o esperava, segurando as rédeas do cavalo. Jônatas as pegou e montou.

– Sei o caminho de volta.

– Que o Senhor seu Deus o proteja e guarde.

Jônatas olhou para Davi, acenou ao companheiro e depois partiu sozinho.

\* \* \*

O rei Saul voltou para Gibeá, mórbido e sombrio. Jônatas abandonou seus deveres sob a tamargueira e voltou sua atenção para o fortalecimento das tribos.

Meses se passaram.

Zifitas vieram ter com o rei. Davi estava escondido entre eles nas fortalezas de Horesh. Eles entregariam Davi a Saul se o rei descesse para capturá-lo.

– Também recebemos relatórios, meu senhor. Davi protegeu seus rebanhos e manadas. Que razão eles têm para trair Davi? Não confie nesses homens. Estão muito ansiosos para levá-lo para longe de Gibeá. – Seus argumentos apenas atrasaram a partida de Saul e plantaram mais sementes de suspeita.

– O Senhor o abençoe – disse Saul ao mensageiro zifita. – Finalmente alguém está preocupado comigo! Vá e verifique novamente para ter certeza de onde ele está escondido e quem o viu lá, pois sei que ele é muito astuto. Descubra seus esconderijos e volte quando tiver certeza. Então irei com você. E, se ele estiver na região, vou encontrá-lo, mesmo que tenha de procurar em todos os esconderijos de Judá!

Jônatas enviou Ebenezer para advertir Davi contra os zifitas.

Mas, antes que a semana terminasse, Saul convocou seus guerreiros e foi para o sul, para o território de Judá.

\* \* \*

Jônatas acordou no meio da noite. Seu corpo escorria suor, o coração batia forte. Tinha sonhado que o pai cavalgava na encosta de uma montanha com seus guerreiros, enquanto Davi e seus homens fugiam por suas vidas na outra encosta. O rei os tinha encurralado, e eles estavam em menor número.

Alguém bateu à sua porta.

Raquel despertou ao lado dele.

– O que é isso?

Jônatas se vestiu.

– Vou mandar sua serva ver. Tranque a porta até eu voltar. – E saiu correndo pela porta, gritando para os criados.

Ebenezer tinha vindo buscá-lo.

– Os filisteus estão vindo para cá, meu senhor.

– Envie uma mensagem ao rei Saul! Diga-lhe: "Venha depressa! Os filisteus estão atacando!". – Jônatas amarrou a espada enquanto corria.

Talvez fosse uma bênção.

O rei errante teria de voltar para casa. Mas Jônatas sabia que, assim que a crise imediata passasse, o pai retomaria sua louca busca para matar Davi.

# SEIS

Como Jônatas temia, o rei Saul continuou atrás de Davi mesmo quando a ameaça filisteia crescia.

– Ele foi para En-Gedi. Desta vez vou pegá-lo!

Ano após ano, a perseguição continuava, e Saul nunca se cansava da caçada.

– Deixe-o ir, pai! Devemos manter nossos olhos sobre os filisteus! Você os deixaria invadir a terra e colocar o jugo da escravidão em volta de nosso pescoço? Israel precisa de você aqui!

– De que isso vai adiantar se eu não for mais rei?

Saul reuniu seu contingente de três mil homens e foi atrás de Davi mais uma vez, tentando caçá-lo e ao número crescente dos que o seguiam perto das rochas das cabras selvagens.

Tendo ficado para defender o reino, Jônatas convocou os representantes das tribos para se reunirem e discutirem táticas de defesa. Trabalhou noite e dia, ouvindo relatórios, enviando guerreiros para fortalecer as defesas e acalmando os medos do povo.

Quando Saul voltou para casa sem sucesso, agravou seus pecados arranjando um casamento entre Mical e Palti, filho de Laís.

– Você não pode fazer isso, pai! Fará dela uma adúltera!

– Palti está apaixonado por sua irmã. Posso usar isso a meu favor. Se Mical não estivesse de acordo com a união, eu poderia hesitar.

Jônatas sabia que argumentava em vão e enviou uma mensagem a Samuel, suplicando que o profeta viesse falar com o rei.

Como Samuel não respondeu, Jônatas foi ver a irmã, mas ela estava longe de lamentar o acordo. No que lhe dizia respeito, Davi a havia abandonado.

– Por que eu não deveria ter um pouco de felicidade? Davi é um covarde! Tudo o que ele faz é correr e se esconder em cavernas como um animal selvagem.

– Você preferiria que ele se defendesse e matasse nosso pai?

– Por que devo passar o resto da vida sem marido, trancada em meus aposentos?

– Você tem um marido! Davi é seu marido!

– Então onde ele está? Ele me manda canções de amor? Anseia por mim como eu ansiei por ele durante anos? Ele não se importa comigo. Nunca se importou. Pensou que nosso casamento o colocaria um passo mais perto do trono. – Ela ergueu o queixo. – Além disso, papai quer que eu me case com Palti, e vou lhe obedecer. E Palti é muito mais bonito que Davi.

– Isso é tudo com que você se importa, Mical? Com a aparência do homem?

Os olhos dela se cobriram de sombra.

– Palti me ama! Viu como ele olha para mim? Teremos muitos bons filhos. Filhos lindos e fortes. Ajudarei a construir a casa de Saul!

– Cuidado com o que diz, irmãzinha. Um dia, Davi será rei.

– Você fala de traição contra o rei, nosso pai!

– Papai sabe. Samuel disse a ele que Deus havia escolhido outro rei. É por isso que Saul odeia tanto Davi e o persegue implacavelmente. Mas Deus prevalecerá...

– Deus! Deus! Você só pensa em Deus.

– Davi reinará, Mical. Se esperar, você será rainha. Se continuar com esse casamento, o que acha que Davi fará com você quando voltar?

Os olhos dela lançavam chamas. Ela se virou e deu de ombros.

– Davi vai me levar de volta. – Ela o encarou novamente. – Direi a ele que o rei Saul ordenou que eu me casasse, e não tive escolha. É verdade, afinal.

– Não importa. De acordo com a Lei, você estará contaminada. Davi nunca mais irá dormir com você.

– Irá!

– Não, não irá.

Ela explodiu em lágrimas tempestuosas.

– Não é minha culpa que planos sejam feitos para mim.

Ela o enojou.

– Você entra nesse casamento como participante voluntária!

– Você se importa mais com aquele pastor miserável do que com sua própria irmã!

– Você, minha irmã, não é melhor que uma prostituta que se entrega pelo maior lance e se prostitui diante de ídolos!

Atordoada, ela olhou para ele, o medo enchendo seus olhos.

– Eu amava Davi. Você sabe que eu o amava. – O rubor da raiva surgiu em seu rosto. – E que bem isso me fez? Tenho filhos? É fácil para você me condenar. Você tem uma esposa. Em breve terá um filho!

A boca de Mical se torceu quando ela cuspiu o veneno amargo.

– Ela provavelmente terá uma dúzia de filhos e filhas para você, perfeito como você é, alegria de Deus! Filho primogênito e deleite do rei! E que esperança eu tenho de ter um filho? Diga-me, irmão. Se Davi não se defender do pai, estará destinado a fugir e continuar fugindo por quantos anos o pai viver. E papai é um homem forte, não é? Serei uma velha quando Davi voltar, se ele voltar. Velha demais para ter filhos! Eu o odeio! Odeio a vida que tenho por causa dele! *Gostaria que o pai o matasse e tivéssemos acabado com tudo isso!*

– Que o Senhor revele a verdade sobre você!

E Jônatas partiu, jurando nunca mais olhar para o rosto da irmã.

\* \* \*

Saul voltou mais uma vez e se retirou em sua casa. Apenas Jônatas e os servos pessoais de maior confiança do rei foram autorizados a se aproximar. Saul prestou pouca atenção aos assuntos de estado. Sentava-se pensativo, queixo na mão, rosto pálido, desanimado enquanto Jônatas repassava os relatórios que chegavam das tribos. Apenas os mapas das regiões lhe interessavam, especialmente os que mostravam as regiões onde Davi vivia.

Frustrado, Jônatas convocou Abner.

– O que aconteceu nas rochas das cabras selvagens para deixar o rei com tanto mau humor?

Um músculo se contraiu na mandíbula do comandante.

– Quase capturamos Davi. Estávamos muito perto. Só não percebemos quão perto.

– O que você quer dizer?

Abner parecia envergonhado.

– O rei precisava se aliviar. Então entrou em uma caverna enquanto os guardas ficaram do lado de fora, vigiando. Quando o rei voltou, estávamos prontos para partir novamente quando Davi apareceu.

– Onde?

– Na entrada da caverna. Ele e seus homens estavam lá dentro com o rei. – Seus olhos escureceram. – Como eles devem ter rido!

– O que Davi fez?

– Ele nos chamou. Disse que seus homens o encorajaram a matar Saul.

– Joab e os irmãos dele, sem dúvida. – Jônatas podia imaginar aqueles homens incitando Davi a aproveitar o momento, assassinar o rei e tomar a coroa para si.

– O que Davi disse?

A mandíbula de Abner se contraiu.

– Disse muitas coisas. – O comandante fez uma careta, os lábios apertados.

– Conte-me tudo, Abner.

– Disse que poupou o rei porque Saul é o ungido de Deus. Mas cortou um pedaço da túnica de seu pai para provar quão perto esteve dele. Naturalmente, alegou que era inocente de qualquer mal. E então clamou ao

Senhor para julgar entre ele e seu pai, e orou para que Deus se vingasse de todos os males que o rei lhe fizera. – Abner zombou. – Ah, claro, Davi jurou que não tocaria no rei. Ele disse: "De pessoas más vêm as más ações". Ele ousou falar como se seu pai fosse o intruso. Aquele homem causou mais danos ao seu pai do que qualquer filisteu jamais pensou em causar!

– E que dano seria esse, Abner, quando Saul quebrou a promessa feita a Davi?

– Você deve ser leal a seu pai.

– E sou! Não estou aqui, governando o reino enquanto ele corre atrás de Davi? Não provei minha lealdade ano após ano?

– Davi humilhou Saul diante de seus homens. Não chama isso de dano? Você poderia ter poupado seu pai há muito tempo. Teve muitas oportunidades de destruir o inimigo dele.

– Davi não é inimigo do rei!

Abner se inclinou, furioso.

– Saul chorou alto! E então confessou, alto o suficiente para todos nós ouvirmos! Disse que aquele miserável pastor da Judeia é um homem melhor do que ele. Disse que tratou mal a Davi e que Davi só lhe retribuiu com o bem.

Lágrimas brotaram dos olhos de Jônatas, lágrimas de alegria, mas Abner não entendeu. Ele e o parente de Davi, Joab, tinham muito em comum.

– O Senhor entregou o rei Saul nas mãos de Davi, e Davi o honrou.

– Honra? – Os olhos de Abner escureceram. – Que honra ele mostrou quando cortou as vestes reais? Onde está a honra quando os homens se escondem na escuridão para rir do rei, que busca privacidade para suas necessidades mais pessoais?!

– Onde está a honra em caçar um homem que não fez nada além de servir ao rei e ao povo? – Abner recuou diante das palavras de Jônatas, olhos ferozes. Jônatas sustentou seu olhar. – Nenhuma resposta para isso, Abner? Então que tal isto: você enviou guerreiros para a caverna *antes* de meu pai entrar?

Abner ficou mais vermelho.

– Talvez seja seu fracasso em cumprir seu dever que mais o enfurece. Você falhou em proteger o rei.

Os olhos de Abner tornaram-se mais frios.

– Talvez lhe interesse saber que o rei Saul disse que o Senhor recompensaria Davi por seu tratamento. O rei Saul disse que Davi certamente seria rei e que o reino de Israel floresceria sob seu governo. Você não foi mencionado, meu príncipe. Embora o rei Saul tenha implorado a Davi que não matasse todos os seus descendentes e eliminasse sua família da face da terra.

Jônatas sorriu.

– Davi segue a Lei do Senhor nosso Deus. Não segue os costumes das nações vizinhas.

– Então por que agora elas são aliadas dele?

\* \* \*

Samuel morreu. O rei Saul e Israel inteiro se reuniram para chorar por ele. O rei Saul falou à multidão. Pronunciou palavras de louvor ao profeta e conduziu o cortejo ao seu local de descanso.

Jônatas insistiu que bolos de passas fossem oferecidos às pessoas antes de voltarem para casa. Alguns tinham vindo de grandes distâncias para prestar respeito a Samuel. Saul gemeu alto, alegando que tais presentes o empobreceriam, mas Jônatas persistiu.

– Um rei generoso é amado por seu povo. O povo pagará seus impostos com mais vontade quando souber que o rei é generoso com ele.

O rei sentou-se em um estrado sob um dossel decorado e observou a multidão. Procurava alguém: Davi. Havia colocado homens por toda parte caso Davi aparecesse. Abner garantiu que, se Davi viesse, não teria escapatória.

Milhares passaram pelas pilhas de bolos, recebendo sua porção. Jônatas invocou bênçãos e proferiu palavras de encorajamento aos que pertenciam à linhagem do profeta.

## O PRÍNCIPE

Um homem vestido em trapos e curvado pelos anos veio mancando para a frente. Com a cabeça coberta, a barba empoeirada, apoiava-se pesadamente em uma bengala torta. Fazia repetidas reverências enquanto murmurava.

Jônatas se aproximou e apoiou o braço do homem enquanto lhe dava um bolo de passas.

– Meu senhor, o príncipe, é muito gentil com seu povo – o homem murmurou.

– É a bondade de Deus que nos dá o trigo e as uvas para fazer esses bolos. Louvado seja o Seu nome.

O homem pegou o bolo de passas que lhe era oferecido, enfiou-o na bolsa e agarrou a mão de Jônatas. Seu aperto não era o de um homem velho.

– Que o Senhor o abençoe por sua generosidade, meu filho. – Davi levantou a cabeça apenas o suficiente para que seus olhares se encontrassem.

Jônatas segurou firmemente a mão de Davi.

– E que o Senhor Deus de Abraão, Isaac e Jacó o proteja em suas viagens.

\* \* \*

Os filisteus invadiram a terra mais uma vez, e Saul e Jônatas lideraram os guerreiros na batalha.

Quando os zifitas relataram que Davi estava escondido no monte Haquilá, que dava para o deserto de Jesimom, Saul se desviou, pegou Abner e seus três mil guerreiros escolhidos de benjamitas e foi atrás dele, deixando Jônatas encarregado de expulsar os filisteus. Ebenezer, agora um dos comandantes mais confiáveis de Jônatas, permaneceu para proteger Gibeá.

Quando Jônatas voltou para casa, soube que Raquel havia dado à luz seu primeiro filho. Mas uma infecção havia se instalado, e Raquel estava morrendo. "Nada pode ser feito, meu senhor", disseram-lhe.

Jônatas foi vê-la.

– Seu filho. – Raquel olhou para o bebê na dobra do braço. – Tão bonito. Como o pai. – Sua respiração estava fraca. Ela olhou para a ama, que, chorando, inclinou-se e pegou o bebê.

A garganta de Jônatas se fechou. Estava cheio de arrependimentos. Amava a esposa, mas Israel sempre foi sua paixão. Nem uma vez Raquel reclamou. Agora, mostrava a palidez da morte próxima. Ele lutou contra a culpa.

– Ele é perfeito, Raquel. Um presente do Senhor. – Sua voz ficou presa na garganta. Ele pegou a mão da esposa e beijou-lhe a palma. – Obrigado.

– Jônatas. Não fique tão triste, meu amor. – Ela mal conseguia sussurrar. – O povo precisa de você. – Ele se inclinou e aproximou o ouvido dos lábios dela. – Nosso filho deve ter um nome adequado.

Os olhos dele se encheram de lágrimas.

– Tente descansar.

– Não há tempo – ela sussurrou. – Meribe-baal é um bom nome.

*Aquele que luta contra os ídolos.* Jônatas não conseguia falar.

Ele segurou a mão de Raquel com mais força. Os dedos dela se moviam fracamente.

– Ou Mefibosete.

*Aquele que destruirá a vergonha da adoração de ídolos em Israel.* Jônatas só pôde assentir. *Que assim seja, Senhor. Que meu filho se levante para louvar o Seu Nome.* Ele beijou a mão de Raquel novamente e a segurou ternamente entre as suas. Ela suspirou suavemente, e a luz foi desaparecendo de seus olhos. Ele os fechou com dedos trêmulos e chorou.

Jônatas só deixou os aposentos da esposa ao amanhecer. Lavou-se, orou, fez oferendas conforme a Lei prescrevia e depois voltou aos deveres, cada vez mais difíceis, de um príncipe que guardava o reino para um rei ausente.

\* \* \*

Jônatas manteve o filho por perto enquanto ele crescia. Lia a Lei em voz alta para Meribe-baal mesmo quando ele ainda era bebê nos braços de uma ama. Quando reunia o tribunal sob a tamargueira, segurava Meribe--baal no colo enquanto ouvia os casos e emitia julgamentos de acordo com a lei de Deus. Quando o bebê ficava inquieto, Jônatas o entregava à ama.

# O príncipe

Quando Meribe-baal começou a andar, cambaleava entre os anciãos e conselheiros. Jônatas queria que o filho se acostumasse ao conselho dos homens. O filho não deveria ter medo quando vozes se erguiam em desacordo. Um dia, se Deus quisesse, ele teria um lugar no conselho e lutaria pela abolição de todos os ídolos de Israel.

Jônatas fez um arco e flechas em miniatura para o filho e o ensinou pacientemente a atirar em uma cesta.

Meribe-baal queria acompanhar Jônatas em todos os lugares e muitas vezes era visto no campo, observando e brincando enquanto o pai praticava com seu arco.

– Você não pode ir comigo para a guerra, meu filho.

Talvez, um dia, quando o filho crescesse, tivesse de ir, mas Jônatas orava continuamente para que Israel conquistasse seus inimigos e, assim, acabasse com as guerras. Orava para que a geração do filho pudesse sentar-se sem medo sob as oliveiras e ver suas plantações crescerem. Mas, até o dia em que o rei Saul descansasse pacificamente com seus antepassados – e Jônatas ficasse ao lado do próximo rei, Davi –, esse era ainda um sonho.

Jônatas continuou seu trabalho para unir as tribos contra o inimigo comum, os filisteus. Exortava os irmãos mais novos a seguir a Deus, e não aos homens. Pressionava o pai a se arrepender e confiar no Deus que o fizera rei de Israel.

E muitas vezes se desesperava, pois seus esforços pouco mudavam. Muito menos o coração de um rei ciumento ou de seus filhos mais novos.

\* \* \*

Mais uma vez, Saul ouviu relatos do esconderijo de Davi e se preparou para ir atrás de seu inimigo jurado.

– Davi poupa sua vida todas as vezes! – Jônatas o lembrou, sabendo que era inútil.

– Só para me humilhar!

– Ele jurou que não levantará a mão contra você.

– Devo acreditar em tal voto quando ele reúne um exército ao seu redor? Ele nunca levantará a mão contra mim porque vou matá-lo primeiro!

– Quantos anos você levará para perceber que Davi nunca lutará contra você?

Surdo a todas as razões, Saul saiu, furioso.

Abner parecia triste. Estava ficando cansado dessa perseguição?

– Se alguma coisa acontecer com seu pai, vou me certificar de que a coroa seja colocada em sua cabeça e em nenhuma outra.

– A coroa irá para o homem que Deus escolher.

– E por que Deus não escolheria você? O povo o ama. Você parece um rei. Cuida do povo como um rei. Seria vantajoso para todos se você fosse rei.

Jônatas ficou frio. *Deus, poupe-nos de homens ambiciosos!* Ele agarrou o pescoço do peitoral de Abner e puxou o comandante para si. Nariz com nariz, falou em voz baixa.

– Se meu pai cair, Abner, é melhor você cair com ele!

\* \* \*

Os postos avançados que Jônatas havia estabelecido enviaram guerreiros para vigiar os filisteus. Jônatas se debruçou sobre os mapas, com medo do que o futuro reservava.

Os relatórios chegavam com mais frequência: "O rei Saul volta do deserto de Zife".

Aliviado, Jônatas saiu para cumprimentar o pai no portão. Saul vinha na direção de Gibeá de cabeça baixa, ombros caídos, cavalgando bem à frente de seus oficiais.

– Que o Senhor abençoe sua volta para casa, meu senhor. – Jônatas curvou-se.

Ao levantar a cabeça, viu no rosto do pai uma expressão que lhe deu esperança de que os longos anos de perseguição a Davi tivessem chegado ao fim.

Saul desmontou e o abraçou.

## O PRÍNCIPE

– Não confio em ninguém além de você, meu filho! – Ele lançou um rápido olhar para Abner e se virou para os anciãos que tinham vindo recebê-lo.

Jônatas seguiu o rei até o palácio.

Assim que se viu longe da multidão acolhedora, Saul chutou urnas e gritou para que os servos desaparecessem de sua vista. Até Rispá, amante do rei, fugiu. Saul se jogou no trono e enterrou a cabeça nas mãos.

– Não posso confiar em ninguém. – Ele gemeu como se estivesse com uma dor terrível.

– O que aconteceu no deserto, pai?

Gemendo, ele agarrou a cabeça.

– Davi! Odeio até o nome! – Ele se levantou. – Acordei uma noite com ele gritando comigo. Achei que estava sonhando, mas lá estava ele, parado na colina em frente ao nosso acampamento. Davi disse que Abner merecia morrer por não me proteger. Abner e todos os seus homens mereciam morrer.

Saul andava de um lado para o outro. Jônatas ofereceu-lhe uma taça de vinho para acalmá-lo, mas o rei atirou-a do outro lado da sala.

– "Olhem ao redor!", Davi disse. "Onde estão a lança do rei e o jarro de água que estavam ao lado da cama dele?" E ergueu meu jarro de água e minha lança! – Saul estremeceu ao olhar para Jônatas. – Diga-me! Como é possível um homem passar por três mil soldados e chegar até mim? É um feiticeiro? É um fantasma? Ou meus próprios guerreiros esperam que ele me mate?

– Pai...

Exasperado, Saul ergueu as mãos ao céu.

– Gritei para ele: "É você, meu filho Davi?". – Seus olhos ficaram selvagens. – Eu o chamei de filho. E ele exigiu saber por que o estou perseguindo. Exigiu saber o que tinha feito, de que crime era culpado. Acusou meus servos de me incitarem contra ele! E os amaldiçoou! Ele afirma que eles o expulsaram de sua casa e da herança que Deus lhe prometeu. Disse que eles esperavam que ele servisse a outros deuses. Gritou que eu não deveria permitir que ele morresse em solo estrangeiro, longe da presença do Senhor.

O rosto de Saul se contorceu em uma agonia de frustração enquanto ele continuava.

– Disse que eu tinha saído a procurar uma pulga como caçaria uma perdiz nas montanhas! – Ele afundou no trono e soluçou. – Se ele fosse uma pulga, eu o teria esmagado há muito tempo!

Jônatas teve pena do pai. O orgulho precede a queda.

Saul bateu nos joelhos.

– Eu disse que não lhe faria mal. Disse que tinha sido um tolo e estava muito, muito errado. – Seus olhos eram buracos negros de desespero. – E ele não veio até mim! Não viria! Jogou minha lança no espaço entre nós e ordenou que um de meus homens a pegasse. Vê como ele me provoca? E então disse que o Senhor oferece recompensa a quem faz o bem e é leal. Gabou-se de que o Senhor me colocou sob seu poder e que ele se recusou a me matar.

Saul continuou segurando a cabeça, de olhos fechados, como se quisesse esmagar as palavras que ecoavam em sua mente.

– Davi disse: "Agora, que o Senhor valorize minha vida assim como hoje valorizei a sua. Que ele me salve de todos os meus problemas".

– Davi nunca levantará a mão contra você, pai.

Saul se levantou.

– Ele não terá de fazer isso enquanto o reino estiver atrás dele. Todos os meus homens assistiram. Eu nada podia fazer senão abençoar meu inimigo. – Sua boca se torceu quando ele cuspiu palavras amargas. – "Você realizará muitos feitos heroicos e certamente terá sucesso". Quando lhe disse isso, ele me deu as costas e foi embora. Virou-me as costas! – Ele bateu no peito. – Sou o rei! Não importa o que Samuel tenha dito, eu detenho o poder! Eu... – A loucura de repente desapareceu de seus olhos, e ele parecia assustado. – Como Davi conseguiu chegar tão perto? Ele deve ter ficado diante de mim, com minha própria lança na mão.

– E ainda assim não o matou.

Saul parecia não ouvir.

– Abner estava bem ao meu lado. Meus homens estavam ao meu redor. Dormindo! Ou não? Talvez observassem e esperassem que Davi me matasse.

– Foi o Senhor que permitiu que Davi se aproximasse de você. O Senhor lhe deu outra oportunidade de se arrepender.

Saul levantou a cabeça.

– Arrepender-me? – Ele balançou a cabeça. – Não fiz nada de errado. Deus me escolheu como rei! Não é certo que um rei proteja seu reino? – Ele apertou as mãos. – Por que você não vem comigo contra meu inimigo Davi? Ele viria até você, Jônatas, e eu poderia matá-lo. E então essa rebelião estaria acabada! Você é meu filho, herdeiro do meu trono! Por que não luta para manter o que nos pertence?

Há muito tempo, Samuel dissera a Jônatas para falar a verdade, mesmo quando o rei não a quisesse ouvir.

– Lutarei ao seu lado contra qualquer inimigo de Israel. Mas Davi não é um deles.

– Davi é meu pior inimigo! – O rosto de Saul se contorceu de raiva. – Davi deve morrer!

Anos de frustração e esperança esmagada haviam destruído as paredes da contenção. Furioso, Jônatas gritou.

– Mentiras e enganos! Foi isso! Você é seu pior inimigo! O orgulho governa seu coração, e todos nós sofremos por isso!

Com os olhos arregalados, Saul afundou de volta no trono.

– Não basta que Deus me odeie? Agora meu próprio filho, meu favorito, meu herdeiro, também me odeia? – Quando não gritava como louco, Saul choramingava como uma criança.

– Não odeio você. Deus sabe! Eu o honro. Você é meu pai. Mas tenho visto o Senhor lhe dar muitas oportunidades, e você continua a rejeitá-lo!

Saul colocou os punhos sobre os olhos.

– O Senhor me cobriu de vergonha! – Sua boca tremeu.

Uma compaixão inexplicável dominou Jônatas. As palavras da Lei encheram-lhe a mente e o coração: *O Senhor tarda a irar-se e é rico em amor infalível, perdoando todo tipo de pecado e rebelião.*

– O Senhor perdoa aqueles que voltam para ele. – A promessa de uma dinastia estava perdida, mas certamente a paz com Deus valia mais que qualquer coroa na cabeça de um homem! – Volte para o Senhor, pai, pois, se não o fizer, o Senhor não permitirá que seu pecado fique impune. O Senhor castigará os filhos pelos pecados de seus pais até a quarta geração. Sua rebelião contra Deus trará sofrimento a Meribe-baal e a todos os seus primos!

– Estou cansado. – Saul soltou um suspiro pesado. – Estou tão cansado de perseguir Davi...

– Então pare!

Saul olhou para ele, e seus olhos brilhavam.

– Você será um bom rei um dia. Muito melhor que eu.

– Não desejo governar, pai, apenas servir. – Jônatas se ajoelhou diante do pai. – Quando um homem ama o Senhor Deus de Israel com todo o coração, mente, alma e força, talvez então ele possa pedir o desejo de seu coração.

A expressão de Saul suavizou-se.

– O que você deseja, meu filho?

– Quero destruir os filisteus. Quero expulsar os inimigos de Deus de nossa terra. Quero unir nosso povo sob um rei, o rei que Deus ungiu. Quero que nosso povo esteja em paz com Deus!

– Você quer Deus de volta ao trono.

– Sim! – De todo o coração, Jônatas desejou que assim fosse.

* * *

Davi fugiu para a Filístia com seu exército e viveu em Gate sob a proteção do rei Aquis. Davi tinha duas esposas com ele. Uma lhe trouxe uma aliança com Jezrael, e a outra, a grande riqueza de Nabal, do Carmelo.

Jônatas lamentou os relatos que ouviu. Davi havia esquecido a Lei? A Lei dizia que um rei não deveria ter várias esposas! As mulheres dividiriam seu coração. Os anos de fuga de Saul tinham feito que Davi valorizasse as alianças militares em vez de obedecer ao Senhor seu Deus?

– É o fim da lealdade de seu amigo. Ele se deita com nossas inimigas – disse Saul.

– E pode retornar com as informações de que tanto precisamos.

Saul balançou a cabeça, recusando-se a acreditar em qualquer coisa boa de Davi.

– Se aprender o segredo para forjar ferro, ele o usará para fabricar armas contra nós.

Abner olhou severamente para Jônatas.

– Aquis deu a cidade de Zilague a Davi.

Saul se enfureceu.

– Ele está fora do meu alcance, vivendo em território filisteu.

A raiva brotou em Jônatas.

– Agradará a ambos lembrar que Golias era de Gate. Davi não será mais bem-vindo em Gate do que em Judá.

– Eu tinha esquecido. – Saul riu. – Os parentes de Golias me servirão bem se o matarem.

Jônatas sabia que nem mesmo os parentes de Golias resistiriam muito contra Davi e seus soldados. O Senhor os protegeu.

\* \* \*

Nos meses seguintes, Jônatas ouviu rumores. Davi fizera ataques e voltara com ovelhas e gado, jumentos e camelos. Mas em nenhuma das aldeias que haviam sido invadidas em Israel Davi tinha sido visto.

Jônatas se lembrou de como ele e Davi haviam planejado ataques aos gesuritas, girzitas e amalequitas, inimigos de Israel desde tempos antigos. Os amalequitas eram os piores de todos, tendo assassinado os fracos e cansados retardatários que não conseguiam acompanhar os escravos que fugiam do Egito.

Jônatas suspeitou de onde Davi obtivera sua riqueza. Mas os ataques aumentaram o perigo em que Davi estava. Familiarizados com as canções hebraicas em homenagem a Davi por ter matado dezenas de milhares, os comandantes filisteus não teriam motivos para confiar nele! E, sabendo que Davi fugia de Saul, eles se perguntavam que melhor maneira de se porem à prova e reconquistar o favor de Saul do que traindo seus hospedeiros, os filisteus.

Jônatas riu da ousadia de Davi, que enriqueceu ao invadir aldeias dos filisteus enquanto vivia sob a proteção do rei! Certamente o Senhor riu também. Agora Davi teria tempo para aprender os segredos da forja do ferro.

Nenhuma dúvida sobre seu amigo passou pela mente de Jônatas. Um dia, Davi retornaria a Israel e traria os recursos e o conhecimento adquiridos com os filisteus.

A única questão era se o Senhor permitiria que Davi voltasse a tempo de salvar Saul de seus próprios erros de cálculo.

\* \* \*

Indo para Afeque, os filisteus reuniram suas forças, e Jônatas temeu que trouxessem o julgamento de Deus com eles.

Jônatas colocou Meribe-baal nos ombros e saiu para os campos.

– Corra, papai! Corra! – Meribe-baal abriu os braços como uma águia e soltou uma gargalhada enquanto Jônatas corria.

Alcançando a pilha de pedras, Jônatas colocou o filho no chão.

– Devo partir de novo, meu filho.

– Eu também vou.

– Não.

– Não vá. – Meribe-baal se agarrou ao pescoço de Jônatas.

Jônatas segurou o filho ao seu lado.

– Fique parado. Você deve me ouvir agora, Meribe-baal. Isso é importante. Olhe para mim! – O menino ergueu o rosto coberto de lágrimas. – Lembre-se do que lhe ensinei. Adore sempre o Senhor nosso Deus com todo o seu coração, mente, alma e força.

Jônatas tocou o peito e a testa do filho e lutou contra as emoções que o dominavam. O filho ainda era muito jovem para entender? *Senhor, faça-o entender. Abra seu coração às minhas palavras.*

Enfiando os dedos na terra, Jônatas pegou a mão de Meribe-baal e derramou terra nela.

– Esta é a terra que o Senhor nosso Deus nos deu. É a nossa herança. Somos o povo de Deus. Seu pai deve partir e lutar para garantir que ninguém a tire de nós. Entendeu?

– Não quero que você vá. – Meribe-baal tinha os olhos da mãe, olhos de corça, que se encheram de inocência e tristeza.

*Oh, Deus, proteja meu filho!* O choro do menino perfurou o coração de Jônatas. Sabia que sempre havia uma possibilidade de não voltar. Nunca havia falado de Davi com o filho, mas talvez ele já tivesse idade suficiente. Tinha de ter idade suficiente. Ele afastou um pouco Meribe-baal.

– Você sabe quem é Davi?

– Inimigo.

– Não. Não, Meribe-baal. Você deve me ouvir. Davi é meu amigo. E também é seu amigo. – Jônatas segurou o rosto do filho. – Lembre-se disso, Meribe-baal. Um dia você conhecerá Davi. Quando o encontrar, quero que se curve diante dele. Curve-se com o rosto no chão como os homens fazem diante do vovô. Deus escolheu Davi para ser o próximo rei de Israel. Davi será seu rei. Faça o que Davi lhe pedir. Seja seu amigo como seu pai tem sido. Não o deixe triste.

Meribe-baal assentiu.

Jônatas colocou o filho de volta em seus ombros e voltou para Gibeá. A ama da criança os esperava no portão da cidade e os seguiu até a casa.

Jônatas colocou o filho no chão, abraçou-o e beijou-o. Enterrou o rosto no pescoço dele, inalando seu cheiro.

Os braços de Meribe-baal apertaram seu pescoço.

– Eu amo você, papai.

O coração de Jônatas deu um pulo.

– Eu também o amo, meu filho. – Ele passou os dedos pelas grossas mechas encaracoladas do cabelo macio. – Pratique com seu arco. Ouça a leitura da lei de Deus todos os dias. – Jônatas tinha feito arranjos para que a Lei fosse lida em sua ausência. – Agora vá brincar enquanto eu falo com sua ama. – Ele se endireitou, observando o filho sair correndo.

– Se ouvir que os filisteus nos derrotaram, esconda meu filho rapidamente. Entendeu?

Os filisteus varriam a terra, caçando todos os parentes de Saul e matando-os ao fio da espada se pudessem.

– Sim, meu senhor.

Ele viu que ela tinha compreendido.

– Faça como eu a instruí. Não espere o conselho dos outros. Afaste Meribe-baal de Gibeá. Mantenha-o seguro até que Davi se torne rei. E então leve meu filho até ele.

– Mas, meu senhor...

– Não precisa temer Davi. – Jônatas se preparou para sair. – Ele e eu fizemos um pacto de amizade. Davi cumprirá seu juramento.

\* \* \*

Jônatas viu terror nos olhos do pai quando o rei soube que uma grande multidão de guerreiros filisteus estava indo para Suném e que Davi fora avistado entre eles, marchando na retaguarda com o rei Aquis.

Saul voltou-se para Jônatas.

– Seu amigo agora luta ao lado de nossos inimigos.

– Nunca. – Jônatas continuava convencido disso. – Quando a batalha começar, o rei Aquis será o primeiro a cair, e Davi atacará os filisteus pela retaguarda.

Abner parecia sombrio.

– Se isso acontecer, podemos ter uma chance.

Sem a ajuda de Davi, não havia esperança. Os filisteus eram muito mais numerosos que os israelitas. Os desertores haviam sangrado o exército de Saul e engrossado as fileiras de Davi. Até a tribo de Manassés e alguns benjamitas se juntaram a Davi. Agora ele liderava um grande exército, o exército de Deus.

– Vamos acampar em Gilboa.

\* \* \*

Quando já estava na colina, acima do acampamento dos filisteus em Suném, Jônatas respirou fundo. Seu coração se abateu. Havia tantos guerreiros quanto os grãos de areia à beira-mar.

Ao lado dele, Saul olhava, horrorizado.

– Estamos perdidos. – Ele recuou. – Eu devo... orar. Devo consultar o Senhor. – Quando Jônatas se virou para segui-lo, Saul balançou a cabeça. – Vá e veja nossos homens, Jônatas. Encoraje-os. Abner irá ajudá-lo.

Já anoitecia quando Jônatas voltou de sua missão, e o pai não estava em lugar algum. Jônatas foi até os sacerdotes do rei.

– Onde está Saul?

– Saiu com dois de seus servos.

Estava perto do amanhecer quando o rei voltou para sua tenda, disfarçado de plebeu. Jônatas pensou que era um intruso e desembainhou a espada, mas o rei jogou fora o disfarce e afundou na cama. Os servos desapareceram na escuridão.

– O que significa tudo isso? – Jônatas estava alarmado. – Onde esteve?

Saul enterrou a cabeça nas mãos.

– Em Endor.

– Endor! Por que você foi lá?

– Para saber o que vai acontecer na batalha.

Jônatas sentiu uma onda de medo tomar conta dele.

– O que você fez?

Saul ergueu a cabeça com os olhos arregalados.

– Fui consultar uma feiticeira.

– Não. – Jônatas fechou os olhos. – Não!

– Precisava falar com Samuel. Tive de ressuscitá-lo dos mortos. E só ela tinha o poder de fazer isso!

– Você sabe que é proibido! – Jônatas cobriu a cabeça com vergonha. – Como Deus exigiu! Você expulsou os médiuns e espiritualistas de Israel.

– Ela conjurou o profeta de seu túmulo! – gritou Saul.

– E conseguiu a resposta? Você matou a todos nós! – Jônatas queria agarrar o pai e sacudi-lo. – Mesmo agora você se rebela contra o Senhor. Traz a ira de Deus sobre nós!

— Eu tinha de saber o que aconteceria amanhã. Samuel estava zangado. Quis saber por que eu o incomodava agora que o Senhor se voltou contra mim e se tornou meu inimigo. Tudo que eu queria era alguma esperança, Jônatas! Há algo de errado nisso?

— E Samuel lhe ofereceu alguma? — Jônatas sabia que não.

— Ele disse que o Senhor fez o que ele previra e arrancou o reino de mim, dando-o a um dos meus rivais, Davi! — Saul balançou para a frente e para trás, e seu rosto estava pálido. — Tudo porque não obedeci ao Senhor e atraí a ira de Deus contra os amalequitas. O Senhor nos entregará aos filisteus. Vou morrer amanhã. Vou morrer, assim como... — ele gemeu, pressionando as palmas das mãos nos olhos — meus filhos! Meus filhos!

Após a primeira pontada aguda de medo, a calma tomou conta de Jônatas. *Assim seja, Senhor. Sua vontade será feita.* O pai havia travado uma guerra contra Deus, e toda a sua família sofreria as consequências.

Jônatas sentiu uma quietude interior. Talvez soubesse o tempo todo, no mais profundo de seu coração, que também teria de morrer antes que Davi pudesse se tornar rei. Pois, se sobrevivesse ao pai, sempre haveria em Benjamim aqueles que, como Abner, iriam querer que ele lutasse para manter a coroa. Mesmo que jurasse fidelidade a Davi, a luta continuaria.

Saul lamentou.

— O que eu fiz? O que eu fiz? — Ele caiu no chão e chorou amargamente. — Meus filhos vão morrer, e a culpa será colocada sobre minha cabeça. Se pudesse viver minha vida de novo, eu faria...

— Levante-se, pai. — O tempo da autorrecriminação havia acabado. A alvorada se aproximava. O inimigo não esperaria. — Vou ajudá-lo a colocar a armadura. Vamos sair e enfrentar os filisteus juntos. E que Deus ainda tenha misericórdia de nós.

Deus prometeu mostrar misericórdia por mil gerações para aqueles que amavam o Senhor. *Deus, posso ousar esperar que abençoe meu filho? Por favor, proteja-o. Mantenha-o longe das garras dos homens maus.*

— Você vai comigo? — Os olhos de Saul estavam arregalados de medo. — Mesmo depois do que fiz?

– Não vou abandoná-lo. Não o honrei sempre como um filho deve honrar seu pai?

– E eu lhe causei isso. – Lágrimas brilharam nos olhos de Saul.

Jônatas lhe deu uma mão.

– Estarei no lugar a que pertenço, lutando ao seu lado!

Ele levantou a armadura do pai e o ajudou a colocar o peitoral. Quando o rei estava pronto, saíram juntos. Abner e os outros comandantes esperaram, rostos sombrios.

Jônatas viu seus irmãos entre eles, homens de valor. Sua garganta se apertou ao saber que eles também morreriam. Todos eles, exceto o mais novo, que estava em segurança em Gibeá. Mas por quanto tempo?

O escudeiro do rei se adiantou e se curvou.

– Não fui chamado.

– Meu filho Jônatas me ajudou. Tome seu lugar ao meu lado.

O jovem pegou dois escudos e ficou preparado.

As linhas de batalha foram traçadas. Uma grande horda de filisteus encheu o horizonte, e seu grito de guerra se elevou.

Jônatas se virou, agarrando-se a uma última esperança.

– Abner! O que ouviu dizer sobre Davi?

– Ele não está mais com os filisteus.

Jônatas encontrou o olhar do pai e viu um mundo desperto nos olhos dele. Estaria ele se lembrando da horda de filisteus que eles tinham enfrentado tantos anos atrás e do menino que reuniu a coragem de Israel com uma funda e uma pedra? Como tudo seria diferente hoje com Davi do lado deles!

Saul fez um único aceno de cabeça.

Jônatas puxou a espada e iniciou a corrida para o vale da morte.

Os shofares foram tocados.

Homens entoavam gritos de guerra.

A terra tremeu quando milhares de homens desceram pelas encostas. Os inimigos vinham como vingadores ansiando por sangue.

Jônatas disparou até sua última flecha.

O som da batalha tornou-se ensurdecedor. Gritos de dor. O estrondo de espadas, ferro quebrando bronze. Rodas rolando. Cavalos galopando. O silvo de mil flechas.

Malquisua foi o primeiro dos filhos de Saul a cair, com quatro flechas no peito. Então Abinadabe deu um grito de dor, golpeado na coxa. Uma flecha lhe atravessou o olho direito e o jogou para trás, em meio à poeira.

Homens moribundos gritavam de terror e eram silenciados por uma espada. Jônatas deu ordens para recuar. Os israelitas fugiram diante dos filisteus, muitos caindo com flechas nas costas.

Os filisteus subiram o monte Gilboa.

– Matem o rei! Matem Saul!

Saul gritou:

– Protejam-me! Mandem-nos de volta!

Jônatas atacava para a direita e para a esquerda. Aparava os golpes e os empurrava. Mas havia muitos. Muitos!

Saul subiu a colina. Jônatas o seguiu. Flechas choveram ao redor dele. De repente, Jônatas sentiu um duro golpe na lateral do corpo. Depois outro no ombro esquerdo.

– Jônatas! – gritou Saul.

Jônatas tentou erguer a espada, mas perdeu as forças. No início, não sentiu dor, e depois sentiu uma dor tão terrível que não conseguia se mexer. Mais duas flechas o atingiram no peito.

Seus joelhos dobraram.

– Meu filho! – gritou Saul. – Meu filho! – Era um grito de raiva e desespero.

Balançando, Jônatas cravou a ponta da espada na terra, mas não conseguiu se segurar. Quando outra flecha o atingiu, ele caiu pesadamente, enfiando as flechas mais fundo. Respirou fundo e sentiu gosto de sangue. Sentiu a terra e a grama contra o rosto. Não conseguia levantar a cabeça. A escuridão se fechou ao redor dele.

Enrijecendo o corpo, Jônatas lutou contra a morte, seus dedos cavando o solo.

– Davi! Davi!

*Senhor, esteja com meu amigo quando ele receber a coroa. Dê-lhe sabedoria para governar o povo de Israel!*

O som da batalha silenciou.

Tudo dentro dele fixou-se em um único ponto de luz na escuridão. Entregando-se, Jônatas suspirou, o sangue borbulhando em sua garganta. Então se sentiu erguido e puxado para trás como uma flecha encaixada em um arco de bronze.

Para trás...

Para trás...

Para trás..

E então relaxou.

A dor desapareceu. Não havia mais sofrimento. Ele explodiu em liberdade. Em um piscar de olhos, se transformou em cores e sons gloriosos, passando por miríades de anjos cantando, voando direto para o alvo estabelecido no céu.

E então Jônatas ficou ali, atônito e dominado pela alegria, ao ser abraçado pelo Verdadeiro Príncipe, que o conduziu à presença de Deus.

# Epílogo

Depois da batalha, os filisteus voltaram ao monte Gilboa e despojaram os mortos. Quando encontraram os corpos de Saul e de seus três filhos, cortaram a cabeça do rei, retiraram sua armadura e enviaram mensageiros por toda a terra para se vangloriar da vitória. Exibiram a armadura do rei Saul no templo de Astorete. Seu corpo e os de seus filhos estavam pendurados como troféus nas paredes de Bete-Seã.

Quando a população de Jabes-Gileade ouviu o que os filisteus haviam feito a Saul, lembrou-se de como ele os havia salvado do rei Naás e dos amonitas anos antes. Seus valentes homens viajaram à noite e levaram os corpos de Saul e de seus filhos de volta a Jabes, onde os colocaram em piras funerárias.

Um item foi removido do corpo de Jônatas antes que as fogueiras fossem acesas. Seus restos mortais foram enterrados sob uma tamargueira em Jabes, e o povo jejuou sete dias para honrar os mortos.

Alguns estavam com medo do que Davi poderia fazer quando soubesse que eles haviam honrado o antigo rei. Afinal, Saul tinha sido seu inimigo. Davi se lembraria de Jônatas como amigo e teria misericórdia deles?

Convocaram um voluntário para falar em nome deles.

– Leve isto a Davi. Talvez ele se lembre de sua aliança de amizade com o filho do rei. – O chefe do conselho de anciãos deu ao jovem um pequeno pacote embrulhado em linho branco. – Israel inteiro sabe que o príncipe Jônatas e Davi eram melhores amigos. Que Davi honre o príncipe caído e perdoe quaisquer ofensas que veja contra nós. Vá rápido! E que Deus esteja com você!

O mensageiro seguiu para o sul, viajando novamente pelo perigoso território filisteu até encontrar Davi e seu exército em Ziclague.

Notícias sombrias viajam rapidamente. Um amalequita havia chegado no dia anterior, gabando-se de ter tirado a coroa da cabeça de Saul. Davi mandou executá-lo. Então, lamentou e ordenou que seus seguidores fizessem o mesmo.

Ao chegar ao acampamento de Davi, o mensageiro insistiu em falar pessoalmente com o rei. O destino de Jabes-Gileade estava nas mãos de Davi.

Um guarda conduziu o jovem à presença de Davi.

O rei de Judá levantou a cabeça.

– Disseram-me que você é de Jabes-Gilead.

– Trago-lhe notícias, meu senhor.

Os olhos de Davi escureceram.

– Notícias melhores do que as que ouvi ontem, espero.

O jovem mensageiro baixou a cabeça.

– O rei Saul e seus filhos não estão mais pendurados nos muros de Bete-Seã, meu senhor. Nossos guerreiros recuperaram os corpos, e lhes demos um enterro honroso por ter livrado nossa cidade dos amonitas. Eu lhe trago isto. – Ele estendeu o pacote. – Pertencia ao seu amigo, o príncipe Jônatas. Nenhum outro deveria tê-lo.

Um dos guardas pegou o pequeno pacote e o levou a Davi.

Davi desamarrou os cordões de couro e desenrolou o pano. Seu rosto contorceu-se de tristeza, e lágrimas correram por sua face.

– A Lei – ele disse, segurando o pergaminho em que Jônatas havia escrito e carregado com ele ao longo dos anos. Desgastado da leitura diária, manchado com o sangue de Jônatas, revelava a todos o homem que ele havia sido.

O rei Saul havia perseguido Davi por toda a terra, obrigando-o a ir de um lugar para outro, mas nem uma vez Jônatas levantara a mão contra Davi! Em vez disso, ficara para trás, mantendo as tribos unidas para que pudessem continuar firmes contra seu inimigo comum: os filisteus. Em obediência à Lei, Jônatas honrou o pai e morreu ao lado dele no monte Gilboa.

Davi enrolou o pergaminho com cuidado e o colocou de volta em seu estojo de couro rasgado. Passou o laço sobre a cabeça e enfiou o pergaminho dentro da túnica, contra o coração.

– Nunca um homem teve um amigo mais verdadeiro!

Naquela noite, Davi escreveu uma canção para homenagear Jônatas e o rei Saul.

> *Seu orgulho e sua alegria, ó Israel, jazem mortos nas colinas!*
> *Oh, como poderosos heróis tombaram!...*
> *Quão amados e graciosos foram Saul e Jônatas!*
> *Estiveram juntos na vida e na morte.*
> *Eram mais rápidos que águias, mais fortes que leões...*
> *Oh, como poderosos heróis tombaram em batalha!*
> *Jônatas jaz morto nas colinas.*
> *Como choro por você, meu irmão Jônatas!*

Davi ordenou que todos os homens de Judá aprendessem o "Cântico do Arco", que foi cantado por muitos anos.

Davi cumpriu sua promessa a Jônatas. Embora quase todos os netos de Saul tenham sido executados, um sobreviveu: o único filho de Jônatas, Meribe-baal, também conhecido como Mefibosete. Tendo ficado aleijado quando a ama caiu sobre ele durante a fuga de Gibeá, ele foi mantido escondido até que Davi o encontrou e o levou para sua casa, onde viveu como hóspede de honra do rei.

Uma promessa ainda maior também foi cumprida: a do Senhor Deus de Israel, que disse na Lei que daria amor por gerações àqueles que o amassem. Mefibosete teve muitos descendentes, que, como Jônatas, se tornaram poderosos guerreiros, renomados como especialistas com o arco.

# Procure e ache

Caro leitor,

Você acabou de ler a comovente história de Jônatas, príncipe de Israel, de Francine Rivers. Como sempre, Francine deseja que você, leitor, mergulhe na palavra de Deus por si mesmo e descubra a verdadeira história de Jônatas. O legado de Jônatas foi a fidelidade. Ele foi obediente a Deus a todo custo, servo leal e regente de Israel. Era um amigo confiável, um filho honrado e um pai protetor. Aceitou de bom grado o curso que Deus traçou para ele e abraçou sua fé com todas as suas forças.

Que Deus o abençoe ao descobrir o curso que Ele estabeleceu para você. Que você voluntariamente o abrace e encontre nele o seu legado.

Peggy Lynch

FRANCINE RIVERS

# FIEL A DEUS

## BUSQUE A PALAVRA DE DEUS PARA A VERDADE

LEIA A SEGUINTE PASSAGEM:

> Mas, quando estava com medo de Naás, rei de Amom, você veio a mim e disse que queria um rei para reinar sobre vocês, embora o Senhor seu Deus já fosse seu rei. Tudo bem, aqui está o rei que você escolheu. Você pediu por ele, e o Senhor atendeu ao seu pedido.
> Agora, se temer e adorar o Senhor e ouvir sua voz, e se não se rebelar contra os mandamentos do Senhor, você e seu rei mostrarão que reconhecem o Senhor como seu Deus. Mas, se você se rebelar contra os mandamentos do Senhor e se recusar a ouvi-lo, a mão dele será tão pesada sobre você quanto foi sobre seus antepassados.
> Quanto a mim, certamente não pecarei contra o Senhor pondo fim a minhas orações por você. E continuarei a ensinar-lhe o que é bom e certo. Mas certifique-se de temer o Senhor e servi-lo fielmente. Pense em todas as coisas maravilhosas que Ele fez por você. Mas, se continuar a pecar, você e seu rei serão varridos da terra.
> Saul tinha trinta anos quando se tornou rei e reinou por quarenta e dois anos. Ele selecionou três mil guerreiros especiais do exército de Israel e enviou o restante dos homens para casa. Levou consigo dois mil homens escolhidos para Micmás e para a região montanhosa de Betel. Os outros mil foram com Jônatas, filho de Saul, para Gibeá, na terra de Benjamim.
> Logo depois disso, Jônatas atacou e derrotou a guarnição dos filisteus em Geba. A notícia se espalhou rapidamente entre os filisteus. Então Saul tocou a buzina de carneiro por toda a terra, dizendo:
> – Hebreus, ouçam isto! Levantem-se em revolta!

## O PRÍNCIPE

*Israel inteiro ouviu a notícia de que Saul havia destruído a guarnição filisteia em Geba e que os filisteus agora odiavam os israelitas mais do que nunca. Assim, todo o exército israelita foi convocado para se juntar a Saul em Gilgal.*

*Os filisteus reuniram um poderoso exército de três mil carros, seis mil cocheiros e tantos guerreiros quanto os grãos de areia à beira-mar! Acamparam em Micmás, a leste de Betel. Os homens de Israel viram em que situação difícil estavam e, duramente pressionados pelo inimigo, tentaram se esconder em cavernas, moitas, rochas, buracos e cisternas. Alguns deles atravessaram o rio Jordão e fugiram para a terra de Gade e Gileade.*

*Enquanto isso, Saul ficou em Gilgal, e seus homens tremiam de medo. Por sete dias Saul esperou lá por Samuel, como o profeta o havia instruído anteriormente, mas Samuel não apareceu. Saul percebeu que suas tropas estavam se afastando rapidamente. Então exigiu:*

*– Tragam-me oferendas para o sacrifício e oferendas pacíficas! – E Saul realizou ele mesmo o sacrifício.*

*Quando Saul estava terminando o sacrifício, Samuel chegou. Saul saiu para recebê-lo, mas Samuel disse:*

*– O que você fez?*

*Saul respondeu:*

*– Vi meus homens se afastando de mim, você não chegou quando disse que viria, e os filisteus estão em Micmás, prontos para a batalha. Então pensei: "Os filisteus estão prontos para marchar contra nós em Gilgal, e eu nem pedi a ajuda do Senhor". Então me senti compelido a oferecer o sacrifício antes que você chegasse.*

*– Que tolice! – exclamou Samuel. – Você não obedeceu ao mandamento que o Senhor seu Deus lhe deu. Se lhe tivesse obedecido, o Senhor teria estabelecido seu reino sobre Israel para sempre. Mas agora seu reino deve terminar, pois o Senhor buscou um homem segundo o seu coração. O Senhor já o designou para ser o líder do seu povo, porque você não obedeceu à ordem do Senhor.*

1 Samuel 12:12-15, 23-25; 13:1-14.

LISTE AS ADVERTÊNCIAS QUE SAMUEL PROCLAMOU NA COROAÇÃO DE SAUL.
_____
_____
_____
_____
_____

QUEM MAIS ALÉM DE SAUL TERIA OUVIDO ESSAS ADMOESTAÇÕES?
_____
_____
_____
_____
_____

QUE AÇÕES SAUL TOMOU?
_____
_____
_____
_____
_____

O QUE SAMUEL DISSE A ELE? LISTE AS ESPECIFICIDADES.
_____
_____
_____
_____
_____

COMO ISSO AFETARIA JÔNATAS, FILHO DE SAUL?
_____
_____
_____
_____
_____

O PRÍNCIPE

Que efeito informações como essa podiam ter sobre a atitude de Jônatas em relação a Deus? E em relação ao pai?

_____
_____
_____
_____
_____

## ENCONTRE OS CAMINHOS DE DEUS PARA VOCÊ

Pense em alguém que você admirava e que fez más escolhas, que afetaram seu futuro. Qual foi o resultado?

_____
_____
_____
_____
_____

Qual foi (ou é) sua atitude em relação a essa pessoa? E em relação a Deus?

_____
_____
_____
_____
_____

Aqueles que ouvem a instrução prosperarão; aqueles que confiam no Senhor se alegrarão. Provérbios 16:20
Que conselho é oferecido nesse versículo?

_____
_____
_____
_____
_____

# Pare e pense

Tenha cuidado com a maneira como vive. Não viva como tolos, mas como sábio. Faça o máximo de todas as oportunidades nestes dias maus. Não aja sem pensar, mas entenda o que o Senhor quer que você faça. Não se embriague com vinho, porque isso arruinará sua vida. Em vez disso, esteja cheio do Espírito Santo.

Efésios 5:15-18

O príncipe

# Servo fiel

## BUSQUE A PALAVRA DE DEUS PARA A VERDADE

Leia a seguinte passagem:

> Um dia Jônatas disse a seu escudeiro: "Venha, vamos até onde os filisteus têm seu posto avançado". Mas Jônatas não contou ao pai o que estava fazendo.
> Enquanto isso, Saul e seus seiscentos homens estavam acampados nos arredores de Gibeá, ao redor da romãzeira em Migrom. Entre os homens de Saul estava Aías, o sacerdote, que usava o éfode, a veste sacerdotal. Aías era filho de Aitube, irmão de Icabode, filho de Fineias, filho de Eli, sacerdote do Senhor que havia servido em Siló.
> Ninguém percebeu que Jônatas havia deixado o acampamento israelita. Para chegar ao posto avançado filisteu, Jônatas teve de descer entre dois penhascos rochosos que se chamavam Bozez e Sené. O penhasco ao norte ficava em frente a Micmás, e o do sul, em frente a Gibeá.
> – Vamos até o posto avançado daqueles pagãos – disse Jônatas ao escudeiro. – Talvez o Senhor nos ajude, pois nada pode impedir o Senhor. Ele pode vencer uma batalha tendo muitos guerreiros ou apenas alguns!
> – Faça o que achar melhor – respondeu o escudeiro. – Estou com você para o que decidir.
> – Tudo bem, então – Jônatas lhe disse. – Vamos atravessar e deixar que eles nos vejam. Se eles nos disserem "Fique onde estão ou os mataremos", paramos e não iremos até eles. Mas, se disserem "Venham e lutem", então subiremos. Esse será o sinal do Senhor de que ele nos ajudará a derrotá-los.
> Quando os filisteus os viram chegando, gritaram:

– *Vejam! Os hebreus estão rastejando para fora de suas tocas!*
Então os homens do posto avançado gritaram para Jônatas:
– *Venha até aqui, e nós lhe daremos uma lição!*
– *Vamos, suba logo atrás de mim* – disse Jônatas ao escudeiro –, *pois o Senhor nos ajudará a derrotá-los!*

*Então eles subiram, usando mãos e pés, e os filisteus tombaram diante de Jônatas, e seu escudeiro matou os que vinham atrás deles. Mataram cerca de vinte homens ao todo, e seus corpos foram espalhados por cerca de meio acre.*

*De repente, o pânico irrompeu no exército filisteu, tanto no acampamento quanto no campo, incluindo até os postos avançados e os grupos de ataque. E então aconteceu um terremoto, e todos ficaram apavorados.*

*Os vigias de Saul em Gibeá tiveram uma visão estranha: o vasto exército de filisteus começou a se desfazer em todas as direções.*

– *Faça a chamada pela lista e descubra quem está faltando* – Saul ordenou.

*Quando fizeram a checagem, descobriram que Jônatas e seu escudeiro não estavam. Então Saul gritou para Aías:*

– *Traga o éfode aqui!* – *Pois naquele tempo Aías usava o éfode na frente dos israelitas.*

*Mas, enquanto Saul falava com o sacerdote, a confusão no acampamento filisteu ficava cada vez maior. Então Saul disse ao sacerdote:*

– *Não se importe; vamos indo!*

*Então Saul e todos os seus homens correram para a batalha e encontraram os filisteus matando uns aos outros. Havia uma terrível confusão em todos os lugares. Até mesmo os hebreus que haviam ido para o exército filisteu se revoltaram e se juntaram a Saul, Jônatas e o restante dos israelitas. Da mesma forma, os homens de Israel que estavam escondidos na região montanhosa de Efraim se juntaram à perseguição quando viram os filisteus fugindo. Assim, o Senhor salvou Israel naquele dia, e a batalha continuou além de Betel.*

1 Samuel 14:1-23

# O príncipe

Descreva o que aprendeu sobre Jônatas nesta passagem.

O que ou quem foi a origem do feito ousado de Jônatas?

Como Deus honrou a fé de Jônatas?

Onde estavam Saul e o resto do exército? O que estavam fazendo?

Qual foi a reação de Saul a esse acontecimento? O que ele fez?

O que Deus fez para Israel nesse dia?

_____
_____
_____
_____

## DESCUBRA MANEIRAS DE DEUS PARA VOCÊ

Descreva uma época em que você se dedicou a seu trabalho, comunidade, família ou outro círculo de influência para fazer algo que os outros julgavam impossível. Qual foi o resultado? O que ou quem o motivou?

_____
_____
_____
_____
_____

Você se considera um servo fiel? Por quê?

_____
_____
_____
_____
_____

O nome do Senhor é uma fortaleza sólida; os justos correm para ela e são salvos. Provérbios 18:10
O que Deus oferece aos que correm para ele?

_____
_____
_____
_____
_____

## **Pare e pense**

Jesus lhes disse:

– Em verdade eu lhes digo que, se tiverem fé e não duvidarem, podem fazer coisas como essa e muito mais. Podem até dizer a esta montanha: "Erga-se e se precipite no mar", e isso acontecerá. Podem orar por qualquer coisa e, se tiverem fé, a receberão.

Mateus 21:21-22

# Amigo fiel

## BUSQUE A PALAVRA DE DEUS PARA A VERDADE

Leia a seguinte passagem:

Enquanto Saul observava Davi sair para lutar contra o filisteu, perguntou a Abner, comandante de seu exército:
– Abner, de quem esse jovem é filho?
– Na verdade, não sei – declarou Abner.
– Bem, descubra quem ele é – disse-lhe o rei.
Assim que Davi voltou, depois de matar Golias, Abner o levou a Saul com a cabeça do filisteu ainda na mão.
– Fale-me sobre seu pai, jovem – disse Saul.
E Davi respondeu:
– O nome dele é Jessé, e moramos em Belém.
Depois que Davi terminou de falar com Saul, conheceu Jônatas, filho do rei. Houve um vínculo imediato de amor entre eles, e se tornaram os melhores amigos. Daquele dia em diante, Saul manteve Davi consigo e não o deixou voltar para casa. E Jônatas fez um pacto solene com Davi, porque o amava como a si mesmo. Jônatas selou o pacto tirando o manto e entregando-o a Davi, junto com a túnica, a espada, o arco e o cinturão.
Tudo o que Saul lhe ordenava fazer, Davi fazia com sucesso. Então Saul o nomeou comandante dos homens de guerra, uma decisão que foi bem recebida pelo povo e pelos oficiais do rei.
Quando o exército israelita vitorioso voltava para casa depois que Davi matou o filisteu, mulheres de todas as cidades de Israel saíram ao encontro do rei Saul. Cantavam e dançavam de alegria com pandeiros e címbalos. Esta era a canção que cantavam: "Saul matou milhares, e Davi, uns dez milhares!"

## O PRÍNCIPE

*Isso deixou Saul muito zangado.*

*– O que é isso? – ele disse. – Elas creditam a Davi dez milhares, e a mim, apenas milhares. Em seguida, elas o farão rei! – Então, a partir daquele momento, Saul manteve um olho ciumento em Davi.*

*Saul incitou seus servos e seu filho Jônatas a assassinar Davi. Mas, devido à amizade por Davi, Jônatas contou-lhe o que o pai estava planejando.*

*– Amanhã de manhã – ele o avisou –, você deve encontrar um esconderijo nos campos. Vou pedir ao pai para ir lá comigo e vou falar com ele sobre você. Então vou lhe contar tudo o que puder descobrir.*

*Na manhã seguinte, Jônatas falou com o pai sobre Davi, dizendo muitas coisas boas sobre ele.*

*– O rei não deve pecar contra seu servo Davi – disse Jônatas. – Ele nunca fez nada para prejudicá-lo. Sempre o ajudou de todas as maneiras possíveis. Você já esqueceu que ele arriscou a vida para matar o gigante filisteu e que por isso o Senhor trouxe uma grande vitória a Israel? Com certeza você estava feliz com isso então. Por que deveria matar um homem inocente como Davi? Não há nenhuma razão para isso!*

*Então Saul deu ouvidos a Jônatas e fez uma promessa:*

*– Tão certo como o Senhor vive, Davi não será morto.*

*Depois, Jônatas chamou Davi e contou-lhe o que havia acontecido. Então levou Davi a Saul, e Davi o serviu no tribunal como antes.*

1 Samuel 17:55–18:9; 19:1-7

QUAIS FORAM AS CIRCUNSTÂNCIAS QUE CERCARAM A APRESENTAÇÃO DE JÔNATAS A DAVI?

_____
_____
_____
_____
_____

Qual foi a resposta de Jônatas a Davi?
_____
_____
_____
_____
_____

Como Saul reagiu a Davi?
_____
_____
_____
_____
_____

Discuta a ousadia de Jônatas em se opor a seu pai em nome de seu amigo. Liste as considerações que Jônatas fez para o pai em relação a Davi. Quão eficaz foi sua abordagem?
_____
_____
_____
_____
_____

## ENCONTRE OS CAMINHOS DE DEUS PARA VOCÊ

Compartilhe um momento em que experimentou uma amizade imediata. Você ainda é próximo dessa pessoa?
_____
_____
_____
_____
_____

Alguma de suas amizades já criou conflito com sua família? Em caso afirmativo, que medidas você tomou para resolver o conflito? Qual foi o resultado?

_____
_____
_____
_____

Existem "amigos" que se destroem, mas um amigo de verdade é mais chegado que um irmão. Provérbios 18:24
Como você definiria amigos nesse versículo?

_____
_____
_____
_____

## Pare e pense

Duas pessoas estão em melhor situação do que uma, pois podem ajudar uma à outra a ter sucesso. Se uma pessoa cair, a outra pode estender a mão e ajudá-la. Mas alguém que cai sozinho está em apuros. Da mesma forma, duas pessoas deitadas juntas podem manter-se aquecidas. Mas como alguém pode aquecer-se sozinho? Uma pessoa sozinha pode ser atacada e derrotada, mas duas podem se defender. Três é ainda melhor, pois um cordão triplo não se rompe facilmente.

Eclesiastes 4:9-12

# LÍDER FIEL

## BUSQUE A PALAVRA DE DEUS PARA A VERDADE

RELEIA A SEGUINTE PASSAGEM QUE FOI ABORDADA NO ÚLTIMO ESTUDO:

> Saul então incitou seus servos e seu filho Jônatas a assassinar Davi. Mas Jônatas, por causa de sua amizade com Davi, contou-lhe o que o pai estava planejando.
> – Amanhã de manhã – ele o avisou –, você deve encontrar um esconderijo nos campos. Vou pedir a meu pai para ir lá comigo e vou falar com ele sobre você. Então vou lhe contar tudo o que puder descobrir.
> Na manhã seguinte, Jônatas falou com o pai sobre Davi, dizendo muitas coisas boas sobre ele.
> – O rei não deve pecar contra seu servo Davi – disse Jônatas. – Ele nunca fez nada para prejudicá-lo. Sempre o ajudou de todas as maneiras possíveis. Já esqueceu que ele arriscou a vida para matar o gigante filisteu e que o Senhor trouxe uma grande vitória a Israel como resultado? Você certamente estava feliz com isso então. Por que deveria matar um homem inocente como Davi? Não há nenhuma razão para isso!
> Então Saul deu ouvidos a Jônatas e fez uma promessa:
> – Tão certo como o Senhor vive, Davi não será morto.
> Depois, Jônatas chamou Davi e contou-lhe o que havia acontecido. Então levou Davi a Saul, e Davi o serviu no tribunal como antes.
>
> 1 Samuel 19:1-7

## O príncipe

Nessa passagem, que habilidades e atributos de liderança Jônatas exibe?

_____
_____
_____
_____
_____

Leia a seguinte passagem:

*Os homens de Israel estavam exaustos naquele dia, porque Saul os havia colocado sob juramento, dizendo:*

*– Que caia maldição sobre quem comer antes do anoitecer, antes que eu me vingue totalmente dos meus inimigos.*

*Assim, ninguém comeu nada o dia todo, apesar de todos terem encontrado favos de mel no chão da floresta. Eles não ousaram tocar no mel, porque todos temiam o juramento que haviam feito.*

*Mas Jônatas não ouviu a ordem do pai e mergulhou a ponta do cajado em um favo de mel e comeu o mel. Depois de comê-lo, sentiu-se revigorado. Mas um dos homens o viu e disse:*

*– Seu pai obrigou o exército a fazer um juramento estrito, e quem comer hoje será amaldiçoado. É por isso que todos estão cansados e fracos.*

*– Meu pai criou problemas para todos nós! – exclamou Jônatas. – Uma ordem como essa só nos prejudica. Veja como estou revigorado agora que comi esse pouco de mel. Se os homens pudessem comer livremente a comida que encontram entre nossos inimigos, imagine quantos filisteus mais poderíamos ter matado!*

*Então Saul disse:*

*– Vamos perseguir os filisteus a noite toda e saqueá-los ao nascer do sol. Vamos destruir cada um deles.*

*Seus homens responderam:*

– Faremos o que você achar melhor.

*Mas o sacerdote disse:*

– Vamos pedir a Deus primeiro.

*Então Saul perguntou a Deus:*

– Devemos ir atrás dos filisteus? Você vai nos ajudar a derrotá-los?

*Mas Deus não respondeu.*

*Então Saul disse aos líderes:*

– Algo está errado! Quero que todos os comandantes do exército venham aqui. Devemos descobrir que pecado foi cometido hoje. Juro pelo nome do Senhor que resgatou Israel que o pecador certamente morrerá, mesmo que seja meu próprio filho, Jônatas!

*Mas ninguém lhe diria qual era o problema.*

*Então Saul disse:*

– Jônatas e eu ficaremos aqui, e todos vocês, aí.

*E os guerreiros responderam:*

– Como achar melhor.

*Então Saul orou:*

– Ó Senhor, Deus de Israel, por favor, mostre-nos quem é culpado e quem é inocente.

*Então lançaram a sorte, e Jônatas e Saul foram escolhidos como culpados, e o povo foi declarado inocente.*

*Então Saul disse:*

– Agora joguem a sorte novamente e mostre-nos.

*E Jônatas foi apontado como o culpado.*

– Diga-me o que você fez – Saul exigiu.

– Provei um pouco de mel – Jônatas admitiu. – Foi só um pouquinho na ponta do meu cajado. Isso merece a morte?

– Sim, Jônatas – disse Saul –, você deve morrer! Que Deus me golpeie e até me mate se você não morrer por isso.

*Mas o povo disse a Saul:*

# O príncipe

*– Jônatas conquistou uma grande vitória para Israel. Deveria morrer? Longe disso! Tão certo como vive o Senhor, nem um fio de cabelo dele será tocado, pois Deus o ajudou a praticar uma grande ação hoje.*

*Então o povo resgatou Jônatas, e ele não foi morto. Então Saul dispensou o exército de perseguir os filisteus, e os filisteus voltaram para casa.*

1 Samuel 14:24-30, 36-46

O QUE APRENDEMOS SOBRE AS HABILIDADES DE LIDERANÇA DE JÔNATAS NESSA PASSAGEM? COMPARE O RELACIONAMENTO DE JÔNATAS COM O POVO COM O DE SEU PAI.

_____
_____
_____
_____
_____
_____
_____

COMPARE JÔNATAS E SAUL EM RELAÇÃO À SABEDORIA E À LÓGICA.

_____
_____
_____
_____
_____
_____

QUE VALOR TINHA JÔNATAS PARA O PAI?

_____
_____
_____
_____
_____
_____

Como as pessoas valorizavam Jônatas? Como mostraram isso?

## ENCONTRE OS CAMINHOS DE DEUS PARA VOCÊ

Como seus colegas o percebem? E os que têm autoridade sobre você?

Que habilidades de liderança você tem? Você as coloca à disposição de Deus?

> *Sonde-me, ó Deus, e conheça meu coração; ponha-me à prova e conheça meus pensamentos ansiosos. Aponte qualquer coisa em mim que o ofenda e me guie pelo caminho da vida eterna.*
>
> Salmo 139:23-24

O PRÍNCIPE

COMO VOCÊ ACHA QUE DEUS VAI MEDIR SUAS HABILIDADES?
_____
_____
_____
_____
_____

## Pare e pense

Uma pessoa encarregada da função de administrador deve ser fiel. Quanto a mim [o apóstolo Paulo], pouco importa como eu seja avaliado por você ou por qualquer autoridade humana. Não confio nem em meu próprio julgamento nessa questão. Minha consciência está limpa, mas isso não prova que estou certo. É o próprio Senhor que me examinará e decidirá.

1 Coríntios 4:2-4

Francine Rivers

# Filho fiel

## BUSQUE A PALAVRA DE DEUS PARA A VERDADE

Leia a seguinte passagem:

> Davi então fugiu de Naiot, em Ramá, e encontrou Jônatas.
> – O que eu fiz? – ele perguntou. – Qual é o meu crime? Como ofendi seu pai para ele estar tão determinado a me matar?
> – Isso não é verdade! – Jônatas protestou. – Você não vai morrer. Ele sempre me diz tudo o que vai fazer, até as pequenas coisas. Sei que meu pai não esconderia algo assim de mim. Simplesmente não é verdade!
> Então Davi fez um juramento diante de Jônatas e disse:
> – Seu pai sabe muito bem de nossa amizade e então pensou: "Não vou contar a Jônatas; por que eu deveria magoá-lo?". Juro a você que estou a um passo da morte! Juro pelo Senhor e por sua própria alma!
> – Diga-me o que posso fazer para ajudá-lo – exclamou Jônatas.
> Davi respondeu:
> – Amanhã celebraremos o festival da lua nova. Sempre comi com o rei nessa ocasião, mas amanhã vou me esconder no campo e ficar lá até a tarde do terceiro dia. Se seu pai perguntar onde estou, diga-lhe que pedi permissão para voltar para casa em Belém para um sacrifício familiar anual. Se ele disser "Tudo bem!", você saberá que está tudo bem. Mas, se ele estiver com raiva e perder a paciência, você saberá que ele está determinado a me matar. Mostre-me essa lealdade como amigo jurado, pois fizemos um pacto solene diante do Senhor, ou me mate se eu pecar contra seu pai. Mas, por favor, não me entregue a ele!

– *Nunca!* – *exclamou Jônatas.* – *Você sabe que, se eu tivesse a menor noção de que meu pai estava planejando matá-lo, eu lhe contaria imediatamente.*

*Então Davi perguntou:*
– *Como vou saber se seu pai está zangado ou não?*
– *Venha para o campo comigo* – *respondeu Jônatas.*
*E foram juntos. Então Jônatas disse a Davi:*
– *Prometo pelo Senhor, Deus de Israel, que amanhã a esta hora, ou no máximo no dia seguinte, falarei com meu pai e lhe direi imediatamente o que ele sente por você. Se ele falar favoravelmente sobre você, farei você saber. Mas, se ele estiver zangado e quiser vê-lo morto, que o Senhor me golpeie e até me mate se eu não o avisar para que você possa escapar e viver. Que o Senhor esteja com você como esteve com meu pai. E que você me trate com o amor fiel do Senhor enquanto eu viver. Mas, se eu morrer, trate minha família com esse amor fiel, mesmo quando o Senhor destruir todos os seus inimigos.*

*Então Jônatas fez um pacto solene com Davi, dizendo:*
– *Que o Senhor destrua todos os seus inimigos!*

*E Jônatas fez Davi reafirmar seu voto de amizade, pois Jônatas amava Davi como amava a si mesmo.*

*Então Jônatas disse:*
– *Amanhã celebraremos o festival da lua nova. Sua ausência será notada quando seu lugar na mesa estiver vazio. Depois de amanhã, ao cair da tarde, vá ao lugar onde se escondeu antes e espere ali, junto à pilha de pedras. Vou atirar três flechas ao lado da pilha de pedra, como se estivesse atirando em um alvo. Então enviarei um menino para trazer as flechas de volta. Se você me ouvir dizer a ele "Elas estão deste lado", saberá que, tão certo quanto o Senhor vive, tudo está bem e não há problema. Mas, se eu disser "Vá mais longe. As flechas estão à sua frente", isso significará que você deve partir imediatamente, pois o Senhor o está mandando embora. E que o Senhor nos faça cumprir as promessas que fizemos um ao outro, pois ele as testemunhou.*

*Então Davi se escondeu no campo e, quando começou a festa da lua nova, o rei sentou-se para comer. Sentou-se no lugar habitual contra a parede, com Jônatas à sua frente e Abner ao seu lado. Mas o lugar de Davi estava vazio. Saul não disse nada sobre isso naquele dia, pois deve ter pensado: "Algo deve ter tornado Davi cerimonialmente impuro". Mas, quando o lugar de Davi ficou vazio novamente no dia seguinte, Saul perguntou a Jônatas:*

*– Por que o filho de Jessé não veio para a refeição nem ontem nem hoje?*

*Jônatas respondeu:*

*– Davi me perguntou se poderia ir a Belém. Ele disse: "Por favor, deixe-me ir, pois teremos um sacrifício familiar. Meu irmão exigiu que eu estivesse lá. Então, por favor, deixe-me ir ver meus irmãos". É por isso que ele não está à mesa do rei.*

*Saul ferveu de raiva contra Jônatas.*

*– Seu filho da puta estúpido! Você acha que eu não sei que você quer que ele seja rei em seu lugar, envergonhando você e sua mãe? Enquanto aquele filho de Jessé estiver vivo, você nunca será rei. Agora vá buscá-lo para que eu possa matá-lo!*

*– Mas por que ele deve ser morto? – Jônatas perguntou ao pai. – O que ele fez?*

*Então Saul arremessou sua lança contra Jônatas com a intenção de matá-lo. Foi então que Jônatas finalmente percebeu que o pai estava realmente determinado a matar Davi.*

*Jônatas deixou a mesa com grande ira e recusou-se a comer naquele segundo dia do festival, pois estava arrasado com o comportamento vergonhoso do pai em relação a Davi.*

*Na manhã seguinte, conforme combinado, Jônatas foi ao campo e levou consigo um menino para recolher suas flechas.*

*– Comece a correr – ele disse ao menino –, para poder encontrar as flechas à medida que eu as atiro.*

# O PRÍNCIPE

*Então o menino correu, e Jônatas atirou uma flecha atrás dele. Quando o menino quase alcançou a flecha, Jônatas gritou:*

*– A flecha ainda está à sua frente. Depressa, depressa, não espere.*

*Então o menino rapidamente pegou as flechas e correu de volta para o patrão. É claro que ele não suspeitou de nada; apenas Jônatas e Davi entenderam o sinal. Então Jônatas deu seu arco e flechas ao menino e disse-lhe para levá-los de volta à cidade.*

*Assim que o menino se foi, Davi saiu de onde estivera escondido, perto da pilha de pedras. E então curvou-se três vezes para Jônatas, com o rosto em terra. Ambos estavam em lágrimas quando se abraçaram e se despediram, especialmente Davi.*

*Por fim, Jônatas disse a Davi:*

*– Vá em paz, pois juramos lealdade um ao outro em nome do Senhor. O Senhor é a testemunha de um vínculo entre nós e nossos filhos para sempre.*

*Então Davi partiu, e Jônatas voltou para a cidade.*

1 Samuel 20:1-42

## Qual é a primeira resposta de Jônatas às acusações de Davi a respeito de seu pai?

_____
_____
_____
_____

## O que o juramento de Jônatas implica?

_____
_____
_____
_____

JÔNATAS FEZ SUA ABORDAGEM HABITUAL COM O PAI EM RELAÇÃO A DAVI. O QUE ACONTECEU DESSA VEZ?

VOCÊ ACHA QUE JÔNATAS ACREDITAVA QUE O PAI ERA CAPAZ DE MATAR DAVI? POR QUÊ?

O QUE CONVENCEU JÔNATAS?

AO SABER DO RESULTADO DO CONFRONTO DE JÔNATAS COM O PAI, DAVI FUGIU. O QUE JÔNATAS FEZ?

## ENCONTRE OS CAMINHOS DE DEUS PARA VOCÊ

Você acredita no melhor dos seus pais? Por quê?

_____
_____
_____
_____
_____

Você já foi contra a vontade de seus pais? Se sim, o que aconteceu? Se não, por quê?

_____
_____
_____
_____
_____

> *Meu filho, ouça quando seu pai o corrige. Não negligencie a instrução de sua mãe. O que você aprende com eles vai coroá-lo com a graça e será uma corrente de honra em volta de seu pescoço.*
>
> Provérbios 1:8-9

O que Deus promete àqueles que obedecem aos ensinamentos de seus pais?

_____
_____
_____
_____
_____
_____

## Pare e pense

Queridos filhos, permaneçam em comunhão com Cristo para que, quando ele voltar, vocês estejam cheios de coragem e não recuem dele com vergonha. Assim como sabemos que Cristo é justo, também sabemos que todos os que fazem o que é certo são filhos de Deus.

1 João 2:28-29

O príncipe

# Pai fiel

## BUSQUE A PALAVRA DE DEUS PARA A VERDADE

Releeia 1 Samuel 20:1 (no início do capítulo anterior).

Que arranjos Jônatas fez para sua família?

_____
_____
_____
_____
_____

Em quem ele confiava para cuidar de que esses arranjos fossem executados? Leia as seguintes passagens:

> Agora os filisteus atacaram Israel, e os homens de Israel fugiram diante deles. Muitos foram massacrados nas encostas do monte Gilboa. Os filisteus cercaram Saul e seus filhos e mataram três deles: Jônatas, Abinadabe e Malquisua. A luta se acirrou ao redor de Saul, e os arqueiros filisteus o alcançaram e o feriram gravemente.
> Saul gemeu para seu escudeiro:
> – Pegue sua espada e me mate antes que esses filisteus pagãos venham me atravessar, me insultar e me torturar.
> Mas seu escudeiro estava com medo e não o fez. Então Saul pegou sua espada e caiu sobre ela. Quando seu escudeiro percebeu que Saul estava morto, caiu sobre a própria espada e morreu ao lado do rei. Então Saul, seus três filhos, seu escudeiro e suas tropas morreram juntos naquele mesmo dia.

> *Quando os israelitas do outro lado do vale de Jezrael e além do Jordão viram que o exército israelita havia fugido e que Saul e seus filhos estavam mortos, abandonaram suas cidades e fugiram. Então os filisteus ocuparam suas cidades.*
>
> 1 Samuel 31:1-7

Então Davi compôs uma canção fúnebre para Saul e Jônatas e ordenou que fosse ensinada ao povo de Judá. Ela é conhecida como "Canção do Arco" e está registrada no Livro de Jashar.

> *Seu orgulho e sua alegria, ó Israel, jazem mortos nas colinas!*
> *Oh, como poderosos heróis tombaram!...*
> *Quão amados e graciosos foram Saul e Jônatas!*
> *Estiveram juntos na vida e na morte.*
> *Eram mais rápidos que águias, mais fortes que leões...*
> *Oh, como poderosos heróis tombaram em batalha!*
> *Jônatas jaz morto nas colinas.*
> *Como choro por você, meu irmão Jônatas!*
> *Ah, como eu o amei!*
> *E seu amor por mim era profundo,*
> *mais profundo do que o amor das mulheres!*
> *Oh, como os poderosos heróis tombaram!*
> *Despojados de suas armas, eles jazem mortos.*
>
> 2 Samuel 1:17-27

COMO – E COM QUEM – JÔNATAS MORREU?

_____
_____
_____
_____
_____

# O príncipe

O que o povo de Israel fez depois que Saul e Jônatas foram mortos?
_____
_____
_____
_____
_____

Como Davi honrou sua aliança com Jônatas?
_____
_____
_____
_____
_____

Discuta o tributo de Davi a Jônatas.
_____
_____
_____
_____
_____

# ENCONTRE OS CAMINHOS DE DEUS PARA VOCÊ

Que arranjos você fez para aqueles que ama depois da morte?
_____
_____
_____
_____
_____

QUE TIPO DE LEGADO VOCÊ VAI DEIXAR?
___
___
___
___

*Uma boa reputação vale mais do que um perfume caro. E o dia em que você morre é melhor do que o dia em que você nasce.*

Eclesiastes 7:1

O QUE VOCÊ ACHA QUE SEUS AMIGOS MAIS QUERIDOS VÃO DIZER SOBRE VOCÊ QUANDO VOCÊ SE FOR?
___
___
___
___

## Pare e pense

Por estarmos unidos a Cristo, recebemos uma herança de Deus, pois ele nos escolheu de antemão e faz tudo correr conforme o seu plano. Quando você acreditou em Cristo, ele o identificou como seu, dando-lhe o Espírito Santo, a quem ele prometeu há muito tempo. O Espírito é a garantia de Deus de que ele nos dará a herança que nos prometeu e que nos tornou predestinados para sermos seu povo.

Efésios 1:11, 13-14

# O Legado

Jônatas era um príncipe, um bom filho, um amigo amoroso, um pai carinhoso. E, como líder, era um servo altruísta. Sua vida sussurra sobre outro príncipe – um bom filho, amigo amoroso, líder atencioso e servo altruísta: Jesus.

Deixe que as palavras de Jesus penetrem em seu coração e ofereçam seu legado:

> Eu os amei assim como o Pai me amou. Permaneçam no meu amor. Quando vocês obedecem aos meus mandamentos, permanecem em meu amor, assim como eu obedeço aos mandamentos de meu Pai e permaneço em seu amor. Eu lhes digo isso para que vocês se encham da minha alegria. Sim, sua alegria vai transbordar! Este é o meu mandamento: amem-se uns aos outros da mesma forma como os amei. Não há amor maior do que dar a vida pelos amigos. Vocês serão meus amigos se fizerem o que mando. Não os chamo de escravos, porque um senhor não confia em seus escravos. Agora vocês são meus amigos, pois eu lhes contei tudo o que o Pai me disse. Vocês não me escolheram. Eu os escolhi. Eu lhes ordenei que fossem e produzissem frutos duradouros, para que o Pai lhes conceda tudo o que pedirem em meu nome. Esta é minha ordem: Amem-se uns aos outros.
>
> João 15:9

# Sobre a autora

Francine Rivers escreve há quase trinta anos. De 1976 a 1985, construiu uma carreira de sucesso e ganhou inúmeros prêmios. Depois de se tornar uma cristã nascida em 1986, Francine escreveu *Redeeming love* como declaração de fé.

Desde então, Francine publicou vários livros no mercado de CBA e conquistou tanto a aclamação da indústria quanto a fidelidade do leitor. Seu romance *The Last Sin Eater* ganhou a medalha de ouro do ECPA, e três de seus livros ganharam o prestigioso prêmio Romance Writers of America RITA.

Francine diz que usa a escrita para se aproximar do Senhor, para que, por meio de seu trabalho, possa adorar e louvar Jesus por tudo que Ele fez e está fazendo em sua vida.